인간

인간

베르나르 베르베르 지음 • 이세욱 옮김

NOS AMIS LES HUMAINS
by BERNARD WERBER

Copyright (C) Bernard Werber, 2003
Korean Translation Copyright (C) The Open Books Co., 2004

이 책은 실로 꿰매어 제본하는 정통적인 사철 방식으로 만들어졌습니다.
사철 방식으로 제본된 책은 오랫동안 보관해도 손상되지 않습니다.

너무 일찍 세상을 떠난 아기 천사,
아담을 추모하며

어둠 속에서 충격음이 세 차례 울린다. 갑자기 한 줄기 강렬한 불빛이 비쳐 든다.
 한 남자가 홀로 서 있다가 불빛에 눈이 부셔서 손으로 눈을 가리며 뒤로 물러선다.
 그는 뒤로 돌아서다가 안쪽 벽과 양옆의 벽이 거울로 되어 있음을 알아차린다. 벽들을 손으로 만지며 따라가다 보니 이번엔 커다란 유리 벽이 막아선다.
 남자는 우리 안에 갇혀 있다.
 그는 도움닫기를 하기 위해 몇 발짝 뒤로 물러서더니, 유리 벽을 향해 세차게 달려든다. 그의 몸이 크고 둔탁한 소리를 내며 단단한 유리에 부딪쳐 짓눌린다.
 그는 골이 울리는 듯한 기분을 느끼며 어깨를 주무른다.

「아이고!」

남자는 얼굴을 내밀고 투명한 유리 벽 쪽으로 천천히 다가간다. 그러다가 문득 걸음을 멈추고 유리 벽 너머를 뚫어지게 바라본다. 마치 멀리서 어떤 흥미로운 것을 발견하기라도 한 듯하다. 그는 건듯 눈을 들어 이리저리 살펴보다가 다시 한 지점에 눈길을 박는다.

「어이, 여기요! 아무도 없어요? 누가 불을 껐죠? 거기 누구예요?」

그는 유리 벽을 두드린다. 아무 반응이 없다. 그는 더욱 세차게 두드린다. 그러다가 마치 멀리 지평선을 바라보기라도 하듯 손차양을 하고 앞을 살핀다.

「당신들이 날 관찰하고 있다는 거 알고 있어요. 날 여기서 꺼내 줘요. 애들 장난 같은 짓은 이쯤에서 그만둬요!」

그는 다시 유리 벽을 두드리다가 펄쩍 뛰어오른다. 천장에 닿아 보기라도 할 기세다. 그러더니 유리 벽 쪽으로 돌아가서 한결 상냥한 어조로 말한다.

「좋아요. 이거 아주 재미있군요. 하지만 농담이란 짧을수록 좋은 거예요. 이제 날 나가게 해줘요. 난 여기서 나가고 싶다고요!」

그는 다시 맹렬하게 유리 벽에 몸을 부딪친다. 그때 갑자기 불빛이 사라진다.

「어이! 이러면 아무것도 안 보이잖아요!」

불이 다시 들어온다. 그러자 하나의 더미처럼 뭉쳐 있는 정체불명의 무언가가 눈에 들어온다. 남자는 호기심을 느끼며

다가간다.

  그는 먼저 적갈색 머리채를, 그다음에는 한쪽 귀를 식별해 낸다. 조각처럼 아름다운 용모를 지닌 젊은 여자다.

  여자는 천천히 꿈틀꿈틀하다가 고양이처럼 유연한 동작으로 몸을 발딱 일으킨다. 그러자 그녀의 옷차림이 드러난다. 인조 호랑이 가죽으로 된 타이츠를 입고 그물 모양의 스타킹을 신었다.

  남자는 뒤로 물러선다. 여자는 기다란 적갈색 머리채를 뒤로 넘겨 얼굴을 드러낸다. 여자는 눈을 비비며 하품하다가 남자를 발견한다. 그러더니 남자를 위아래로 훑어보고 잠시 머뭇거리다가 비명을 내지른다.

  남자는 깜짝 놀라며 소스라친다. 여자는 몇 초 동안 남자를 쏘아보더니 더욱 세차고 날카로운 비명으로 다시 침묵을 깬다. 남자에게 겁주려고 하는 것인지, 아니면 그녀 자신이 겁먹고 있는 것인지 알 수가 없다.

  남자는 마치 한 마리의 야생 동물을 마주하고 있기라도 한 것처럼 뒤로 몇 발짝 더 옮긴다. 여자는 남자가 두려워하고 있음을 알아채고는 깊이 숨을 들이마셨다가 맹수처럼 울부짖는다.

  「아아아아아!」

그러다가 여자가 잠잠해지자, 남자는 영문을 모르겠다는 듯한 얼굴로 여자를 바라본다. 여자도 남자를 바라본다. 당황한 남자가 말문을 연다.

「에에…….」

그들은 마치 두 마리 짐승이 으르렁거리거나 낑낑대는 소리를 주고받듯이, 그저 울부짖는 소리나 군소리로만 자신의 의사를 표시하고 있다.
남자는 무언가 다른 소리를 내어 보려고 애쓴다.

「어, 어…….」

여자는 잠시 숨을 가다듬고는 이번에야말로 상대편을 완전히 제압하겠다고 암사자처럼 포효한다.

「아흐응! 크르르르…….」

남자는 약간 겁에 질린 기색으로 꼼짝 않고 서 있다가 다시 마음을 추스르고 다가간다. 그런 다음 조심스럽게 묻는다.

「에에…… 에에…… 두 유 스피크 잉글리시?」

여자는 깜짝 놀라며 무르춤한다.

「아블라 에스파뇰, 세뇨리타? 팔라 포르투게스? 슈프레헨 지 도이치?」

젊은 여자는 눈에 칼을 세우고 그를 계속 쏘아본다.
그는 여자를 달래 보려고 세상 어디에서나 통하는 화해의 표시로 한 손을 쫙 펴서 내민다. 그런 다음 손을 돌려 악수를 청한다.

「에에…… 헬로, 봉주르 마드무아젤…… 부에노스 디아스.」

여자는 그의 손을 노려보다가 덥석 잡아서 깨물어 버린다.
그의 입에서 비명이 터져 나온다. 그는 물린 손가락들을 무릎 사이에 찔러 넣은 채 고통을 이기지 못하고 팔짝거린다.
그녀는 그의 뒤로 가더니 프로 레슬링에서 사용하는 기술로 그를 바닥에 쓰러뜨린다. 그런 다음 양 무릎으로 그의 두 팔을 찍어 눌러 꼼짝 못하게 만든다. 남자가 애원한다.

「아아! 항복이에요!」

젊은 여자는 자세를 바꾸고, 그의 한쪽 팔을 비틀며 을러메는 투로 말한다.

「허튼수작 좀, 작작 하시지!」

그는 찡그린 얼굴에 애써 미소를 담는다.

「아! ……그러고 보니 나랑 같은 언어를 쓰시는 분이군요…….」

「어쩌다가 우리가 여기에 있게 된 거지?」

여자는 그렇게 물으면서 그의 팔을 더 세게 비튼다.

「아야! 그러다가 팔이 부러지겠어요. (여자가 손에 더욱 힘을 준다.) 아야!」

「어서 말해 봐!」

「아, 그만 놔줘요……. 숨도 제대로 못 쉬겠어요. 그렇게 팔을 뒤로 잡아당기니까 어깨가 너무 아프고 숨이 가빠지잖아요. 신경총이 눌리고 있단 말이에요. 우선 이

거부터 놓고 얘기합시다. 이런 조건에서는 내가 말할 수가 없어요.」

여자는 잠시 망설이다가 그를 놓아준다. 그는 다시 일어나서 하얀 가운의 흐트러진 매무새를 고친다.
여자는 금방이라도 물어뜯을 태세로 이를 드러낸 채 주위를 살핀다.

「여기가 어디지?」

「보시다시피, 우리는 거대한 유리 상자에 갇혀 있소.」

여자는 유리 벽으로 다가가서 손을 대본다. 그러더니 성난 동작으로 유리 벽을 세차게 후려친다.

「우리가 도대체 여기서 뭘 하고 있는 거야?」

「내가 묻고 싶은 게 바로 그거요.」

여자는 의아한 표정으로 그를 바라본다.

「그런데 너 말이야, 너, 누구야?」

「난 라울이라고 합니다. 그러는 당신은 누구시오?」

그는 안경을 고쳐 쓰고 가운의 매무새를 다시 고친다. 여자는 유리 벽을 향해 돌아선다.

「저쪽에 뭔가가 있는 것 같아.」

그는 그녀 곁으로 가서 같이 유리 벽 너머를 살핀다.

「방금 누가 나를 관찰하고 있다는 느낌이 들었어. 무슨 소리도 들렸어. 우리한테는 들리지 않게 자기들끼리 속삭이는 듯한 소리였어.」

그러면서 여자는 더욱 주의 깊게 유리 벽 너머를 바라본다.

「어이, 이봐요! 도와주세요! 여기예요! 우리를 여기에서 꺼내 줘요. 경찰을 불러 줘요! 도와주세요! 도와줘요!」

여자는 다시 유리 벽을 두드린다.

「그래 봤자 소용없어요. 내가 이미 해봤어요. 누가 우리를 관찰하고 있지만, 기척도 내려고 하지 않아요.」

남자의 말에 여자가 얼굴을 찡그린다.

「이른바 〈관음증 환자〉들이로군. 그렇다면 우리가 일종의 거대한 핍쇼 장에 들어와 있다는 건가? 우리 뜻과는 상관없이 관음증 환자들의 시선에 노출되어 있다, 이거로군! 숨어서 훔쳐보기 좋아하는 변태 색골들! 아마 우리를 훔쳐보겠다고 돈까지 냈을 거야.」

「그런 경우에는 〈관객〉이라고 부르죠.」

젊은 여자는 골똘히 생각에 잠긴다. 그러더니 갑자기 얼굴에 희색을 띠며 머리를 매만지고 옷매무새를 고친다. 손가락에 침을 발라 눈썹까지 매끈하게 가다듬는다.
라울은 불안을 느끼며 또 하나의 가정을 내놓는다.

「안쪽과 양옆의 벽을 이루고 있는 저 거울들은 건너편에서 이쪽을 볼 수 있게 만든 매직미러고, 그 뒤에 카메라들이 숨어 있을 수도 있어요. 그 카메라들을 통해서 우리 모습이 수백만 명의 사람들에게 중계되고 있을지도 모른다는 거죠.」

여자는 매우 만족해하는 기색이다.

라울은 혹시 거울 너머로 뭐가 보이지 않을까 싶어서 오른쪽 거울로 다가간다.

여자는 유리 벽 쪽으로 나아가서 가상의 군중을 향해 한바탕 연설한다.

「제가 여러분에게 선택받은 건가요? 매우 감격스럽군요. 정말 감격스럽기 그지없습니다. 저를 뽑아 주신 제작팀과 제 연기를 보고 곧 저에게 지지표를 보내 주실 관객 여러분께 감사드리고 싶습니다. 저는 아주 불우한 어린 시절을 보냈습니다. 하지만 지금 당장은 그 얘기를 하지 않으렵니다. 저는 아주 어린 나이에 춤을 배웠습니다. 그럼 이제부터 제가 할 줄 아는 모든 것을 여러분께 보여 드리겠습니다.」

그런 다음 눈을 내리뜨고 포즈를 취하기 시작한다.
라울은 어깨를 으쓱 추켜올린다.

「저는 다리 180도로 벌리기를 할 줄 알아요.」

그녀는 자기가 말한 동작을 실제로 해 보인다.

「그리고 이것도 할 줄 압니다.」

그녀가 이번에 시도한 것은 하나의 곡예다. 하지만 자신의 연기가 그다지 마음에 들지 않는 눈치다.

「음악이 있으면 훨씬 더 나을 거예요.」

「지금 뭐 해요? 우스꽝스럽게.」

「저는 이런 것도 할 수 있어요.」

「자랑거리 많아서 좋겠네요.」

그녀의 얼굴에 억지 미소가 더욱 두드러진다. 그녀는 뭔가 아주 복잡한 묘기를 보여 주려다 말고 라울에게 퉁을 놓는다.

「이봐, 친구! 당신이 싫으면 그만이지, 왜 자꾸 기분 잡치는 소리를 하는 거야?」

「서푼짜리 타잔 복장으로 보아 보통 여자가 아닐 거라는 느낌은 들었지만, 이렇게까지 심할 줄 몰랐네요.」

라울의 말에 여자가 속삭이듯 말한다.

「내가 서푼짜리 여자 타잔이다, 이거야? 좋아, 이왕 그렇게 보인 마당에 한 가지 말해 둘 게 있어. 그게 뭐냐 하면 말이야, 나는 왼쪽 옆얼굴에 약간 문제가 있어. 카메라맨들이 나를 그 각도에서 잡으면 안 돼. 당신이 보기엔 카메라가 어디에 있는 것 같아? 사람들이 우리를 찍고 있다면 어딘가 작은 적색 불빛이 있어야 정상 아냐?」

젊은 여자는 무언가를 감지한 듯 상상의 카메라를 향해 돌아서서 유행가 한 곡을 부른다. 노래에 맞추어 그녀의 팔다리가 움직이기 시작하더니 신명나는 탭 댄스가 이어진다.
그러다가 그녀는 아무런 반응이 없는 것에 실망해서 노래와 춤을 멈춰 버린다.

「드디어 공연을 끝낸 건가요?」

「샘나는가 보네. 하긴 시새울 만도 하지. 당신은 하고 싶어도 능력이 없어서 못할 테니까.」

「그렇고말고요. 대중 앞에서 고작 이런 모습밖에 보일 수 없는 나 자신이 원망스러워요.」

「그런데 어떻게 당신 같은 사람이 선발되었을까?」

「나도 그게 궁금해요.」

「(혼잣말로) 그건 그렇고 왜 아무 반응이 없지?」

여자는 문득 의혹에 사로잡혀 미소를 거둔다.

「왜 아무 반응이 없는 거냐고!」

여자는 잠시 망설이다가 고개를 뒤로 젖히고 천장을 올려다본다. 혹시 있을지도 모를 방송 제작자들이 거기에 숨어 있기라도 한 것처럼.

「이보세요! 다들 재미있게 보셨나요? 제 연기가 마음에 들어요? 제가 아름다워 보이나요? 다른 걸 보여 드릴까요? 저는 손을 재빠르게 놀리는 재주도 부릴 줄 알아요. 하지만 그 재주를 보여 드리려면 공이나 둥근 테가 필요해요. 둥근 테에 불을 붙여도 괜찮아요. 그 경우에는 불빛을 약하게 할 필요가 있어요. 불붙은 테는 어두워야 잘 보이니까요.」

한숨 돌리고 나서 여자가 말을 잇는다.

「저는 규칙을 알고 싶어요. 그게 우리 권리 아닌가요? (라울을 향해서) 저들이 내 초상권을 침해하게 내버려 둘 순 없어. (천장을 올려다보며) 이봐요, 나를 찍고 있는 거라면 돈 얘기를 해야 하지 않겠어요? 그리고 방송에 얼굴을 팔기 전에 먼저 내 매니저와 상의하고 싶어요. 그래야 되지 않아요? (라울을 향해 작은 소리로) 젠장, 솔직히 말하면 나에겐 변호사도 없고 매니저도 없어.」

여자가 그의 동의를 구하며 덧붙인다.

「이건 너무 불쾌해. 먼저 우리에게 규칙을 알려 주지 않은 건 상식에 어긋난 거라고. 그런데 라울, 당신 말이야. 당신은 매니저가 있어?」

그는 자기 생각에 빠져 있다.

「그건 정오쯤에 벌어진 일이었어요. 내가 한창 일하고 있는데, 뒤에서 갑자기 안개가 솟았어요. 깜짝 놀라서 뒤를 홱 돌아본 것까지는 기억이 나는데, 그다음부터 완전히 필름이 끊겼어요.」

「어, 나하고 비슷하네! 저 사람들, 이제는 그런 식으로 일하는 모양이지? 캐스팅에 시간을 들이지 않고 그렇게 아무 데나 쳐들어가서 사람들을 끌고 오나 봐! 그나저나 우리가 이렇게 끌려온 대가로 뭘 받게 되는지 모르겠네. 호화 저택 한 채나 경비행기 한 대쯤 받게 되지 않을까? 아니면 최고급 경주용 자동차를 받게 될지도 몰라. 페라리를 몰아 보는 게 내 꿈이었는데.」

라울은 우리 안을 빙빙 돌아다니며 벽들을 두드려 두께를 가늠해 본다.

「당신은 왜 자신이 할 줄 아는 것을 안 보여 주는 거야? 당신, 지금 실수하고 있어. 그러다간 곧 탈락하고 말걸. (여자는 신명 내어 다시 탭 댄스를 추기 시작한다.) 밑져야 본전 아냐? 잃을 게 뭐가 있다고 그래?」

여자는 춤을 멈추고 자세를 이리저리 바꿔 가며 포즈를 취한다. 그러고는 손과 발로 번갈아 바닥을 짚으며 옆으로 팔랑개비처럼 돈다. 그 뒤로 몇 가지 동작이 더 이어진다.

「잃을 게 뭐가 있냐고요? 호모 사피엔스의 존엄성을 잃게 되죠.」

여자는 어깨를 한 번 으쓱해 보이고는 머리를 바닥에 대고 물구나무선다.

「어이구, 그러서? 말하는 본새가 영 같잖네.」

「내 말본새가 어때서요? 나는 정상적으로 말하고 있어요. 교양 없고 어휘가 빈곤한 게 유행의 첨단으로 간주되고 있는지는 모르지만, 내가 잘못하고 있는 건 아니라고요.」

「잠깐만. 당신이 입고 있는 그 살균된 가운, 팔 아래에 끼고 있는 모자, 도수 높은 안경. 당신이 유행에 대해서 깜깜한 사람이라는 건 누가 봐도 금방 알겠네.」

「이런 게 요즘 유행하는 건가요? 최후의 승자를 가리기 위해 사람들을 서로 경쟁하게 만들어 놓고 그 우스꽝스러운 모습을 보고 즐기는 게 유행인가 보죠? 그건 새로운 것도 아니에요. 이미 고대 로마 인들이 글라디아토르들에게 칼싸움을 시키면서 했던 일입니다. 이른바 〈빵과 서커스〉라는 우민화 정책이었죠. 〈벤허〉라는 영화 봤어요?」

「예를 들어도 하필 그런 구닥다리 영화를 들먹일 게 뭐야! 그러잖아도 늙은이처럼 보이는 사람이 꼭 생긴 대로 논다니까! 당신은 어렸을 때 애늙은이라는 소리깨나 들었을 거야. 틀림없어.」

「사고력을 상실한 자들을 위한 그따위 방송을 보는 게 젊은 거라면, 난 기꺼이 늙은이 소리를 듣겠어요. 사실 우리가 어릴 때 사람들이 텔레비전에서 즐겨 보았던 것은 〈스타 트렉〉이나 〈더 프리즈너〉 같은 공상 과학 시리즈였어요. 적어도 대사에 어떤 의미가 있는 프로그램이었죠. 어찌 보면 〈더 프리즈너〉는 시대를 앞서간 리얼리티 쇼라고 볼 수도 있어요. 섬에 갇혀 있는 사람들이 카메라를 통해 관찰되는 것이니까요. 지금 우리처럼 말이에요.」

「그런데 이해가 안 되는 게 있어. 이게 리얼리티 쇼라고 생각하기에는 사람이 너무 적다는 거야. 대개는 참가자들이 열 명쯤 되잖아? 그러다가 회를 거듭하면서 한 사람씩 차례차례 탈락해 가는 거지. 여기는 당신과 나밖에 없어. 두 사람 중에서 하나를 선택하는 것은 금방 끝날 일이야.」

「혹시 우리가 과중한 업무에 시달리는 회사 간부들을 위한 어떤 생존 연수에 참가하고 있는 것이 아닐까요? 전에 내 동료들과 함께 그런 연수를 받은 적이 있어요. 우리는 감방 같은 곳에 갇혀서 연수 담당자들의 관찰 대상이 되었죠. 그들은 탈주를 시도하는 모의 상황에서 우리가 어떻게 팀을 짜서 행동하는지 알고 싶어 했어요. 관찰이 끝나면 우리의 모든 행동을 비디오로 다시 보죠. 그러고 나서 우리의 점수가 매겨집니다.」

「난 회사원이 아냐.」

그녀의 말에 라울이 놀리는 투로 대꾸한다.

「잠깐, 내가 그쪽 직업을 맞혀 볼까요? 시사 코미디 프로그램의 사회자인가요? 아니면 카바레의 댄서? 스트리퍼?」

젊은 여자가 다시 입을 비죽거리며 야수처럼 송곳니를 드러낸다.

「꼴값을 떨어요.」

「미안해요. 맞혀 보려고 하는데, 복장이 워낙 특이해서 알 수가 없네요. 그런데, 이름이 뭐예요?」

「그건 알아서 뭐하게?」

「자꾸 그런 식으로 나올래요? 한 가지 알려 드리고 싶은 게 있는데, 만일 시청자들이 보고 있다면 당신의 태도에 반감을 가질 게 틀림없어요. 시청자들의 반감을 사면 투표에서 떨어지기 십상이지요.」

여자는 생각에 잠긴다.

「하지만 운이 좋은 줄 아세요. 나는 치사하게 이기고 싶지는 않아요. 당신이 원한다면, 소개 장면부터 다시 시작합시다. 그러면 제작자들이 알아서 편집할 거예요. (짐짓 아주 정중한 말투로) 아, 안녕하십니까? 저는 라울 멜리에스라고 합니다. 성함이 어떻게 되시나요?」

그는 여자에게 한 손을 내민다. 여자는 손을 내려다보며 조금 더 망설이다가 가상의 시청자들을 향해 돌아서더니 갑자기 매우 반가워하는 척하는 표정을 짓는다.

「사만타 발디니.」

「그럼 하시는 일은 뭔가요? 발디니 양. 제가 보기엔 배우이신 듯한데.」

사만타는 라울을 따라 짐짓 정중한 말투로 대답한다.

「배우는 아니지만, 예술을 하긴 하죠.」

「예술을 하신다면 그림을 그리시나요? 아니면 조각가인가요? 그것도 아니면 음악가? 프리마 발레리나? 조형 예술가?」

사만타는 미간을 살짝 찌푸린다. 조형 예술가가 정확히 어떤 사람을 가리키는지 몰라서 기분이 언짢다. 하지만 그녀는 이내 마음을 추스른다.

「그런 건 아니고요, 굳이 이름을 붙이자면 〈서커스 예술가〉라고나 할까요? 저는 호랑이 조련사입니다.」

「호랑이 조련사요? 그것 참, 흔치 않은 직업이로군요. 용기가 대단하신 분인가 봐요. 그 무시무시한 야수들이

해를 끼치는 일은 없었나요?」

사만타는 마치 서커스 무대에 있기라도 한 것처럼 미소 띤 얼굴로 이곳저곳 시선을 던지며 말한다.

「아뇨. 아무 일 없었어요. 걱정해 주시니 고맙군요. 라울 씨. 호랑이 조련사는 많은 경험과 숙련이 필요한 직업이죠. 우리는 아주 어려서부터 두려움을 이겨 내는 법을 배웁니다.」

「죄송하지만 저는 그 분야에 문외한입니다. 그래서 물어보는 건데요, 그 복장은 호랑이들의 털가죽 빛깔과 잘 어울리게 하려고 일부러 그렇게 만드신 건가요?」

「맞습니다. 앙토니에타 할머니가 저를 위해 특별히 지어 주셨죠. 앞선 질문에 마저 대답하자면, 사실 저는 공연할 때마다 매번 불안과 긴장을 느껴요. 녀석들이 덩치 큰 고양이라는 것을 잘 아니까요. 이 말이 우습나요? (억지웃음을 짓고 주위를 둘러보며) 우리 서커스단에서는 호랑이들을 흔히 〈큰 고양이〉라고 부르죠.」

「이제껏 사고가 한 번도 없었나요?」

「음…… 페페로니 아저씨가 한쪽 고환에 상처를 입은 일은 있어요. 망상증에 걸린 터미네이터라는 늙은 수컷이 할퀸 거죠. 에…… 그 뒤로 아저씨는 나탈리아 아줌마랑 부부 싸움을 자주 해요.」

라울은 억지 미소를 짓는다. 출연자의 이야기에 짐짓 흥미를 느끼는 척하는 텔레비전 사회자의 모습이다.

「아, 그래요? 그것 참! 덕분에 우리가 특이한 예술 세계를 알게 되었군요. 고맙습니다, 사만타 양. 정말 흥미로워요. 제가 삼이라는 애칭으로 불러도 될까요?」

라울은 어색한 미소를 계속 짓고 있다. 사만타의 얼굴엔 주저의 빛이 역력하다.

「그야 물론이죠, 라울 씨.」

그는 웃음을 터뜨린다. 그녀는 그가 자기를 놀리고 있음을 알아차린다.

「아니, 안 돼요. 근데 잠깐만, 그쪽은 하얀 가운을 입고 있는데 도대체 뭐 하는 사람이에요? 가만, 내가 맞혀 볼게요. 치즈 장수? 햄, 소시지 장수? 아냐, 그런 직업을 가진 사람으로 보기에는 말주변이 너무 좋아……. 그래, 정신과 의사! 사람들의 머리를 단순하게 만들고 뇌를 세척하는 사람일 거야.」

「저는 과학자입니다. 지식의 영역을 확장하기 위해 연구를 하고 있죠.」

「죽음을 가져오는 바이러스 따위를 만드는 사람이군요.」

「규모가 아주 큰 어떤 화장품 회사를 위해 일하고 있습니다.」

「설마 실험한답시고 동물들에게 고통을 주는 그 추악한 사람들 중 하나는 아니겠죠?」

「우리는 소비자를 위해 그런 실험들을 합니다. 다 여러분의 안전을 위해서, 여러분이 뾰두라지나 가려움증이나 알레르기 때문에 고생하는 일이 없게 하기 위해서죠. 우리 연구 결과를 어떤 식으로든 생체를 통해 확인하지 않으면 안 됩니다.」

「내가 그럴 줄 알았어. 〈생체 분해〉를 하는 이 못된 인간…….」

「생체 분해가 아니라 생체 해부입니다.」

「그거 텔레비전에서 봤어요. 끔찍하더군요.」

「뉴스에서 보여 주는 것을 덮어놓고 믿어서도 안 됩니다.」

「조작되지 않은 진짜 영상들도 있어요. 당신들은 선탠크림의 효능을 알아보기 위해 햄스터들을 몇 시간 동안 자외선램프 아래에 놓아두죠. 그래요, 안 그래요?」

「꼭 철없는 애들처럼 구는군요. 좋아요, 그에 걸맞게 대답하죠. 애야, 그건 네 피부가 햇볕에 더 보기 좋게 그을리게 하기 위한 것이란다.」

「당신들은 원숭이의 머리를 잘라요. 몸의 다른 부분이 없어도 뇌가 계속 기능하는지 알아보기 위해서 말이에요!」

「애야, 그건 너의 두통을 더 효과적으로 치료하기 위

한 것이란다.」

「당신들은 토끼 눈에 샴푸를 넣기도 해요.」

「얘야, 그건 네 각막에 염증이 생기는 것을 막기 위한 것이란다.」

「당신은 정말 지독한 멍청이야.」

라울은 그녀를 놀려 댄다.

「그런데 말이죠, 당신이 아직 모르는 게 있어요. 나와 가까운 동료들 중에 말라리아에 관해서 연구하는 사람들이 있어요. 그들은 살아 있는 모기를 상시적으로 이용해야만 합니다. 그들이 어떻게 모기에게 영양을 공급하는지 아세요? 모기들이 들어 있는 어항 같은 통에 토끼 한 마리를 집어넣습니다. 그러면 모기들이 일제히 덤벼들어 마치 검은 모피처럼 토끼를 덮어 버려요. 모기들이 떠나고 나면 토끼는 피가 다 빨려서 완전히 홀쭉해져 있죠……」

「그만해, 낯짝을 갈겨 버리기 전에.」

라울은 자신이 들먹인 사례를 스스로 재미있게 여기며 태연하게 말을 잇는다.

「……최근에는 이런 일도 있었어요. 휴대 전화가 뇌에 암을 일으키는지 알아보기 위해 생쥐들을 몇 주일 동안 켜놓은 휴대 전화에 묶어 두었지요. 그 때문에 생쥐들에게 암이 생겼는지는 아직 모르지만, 녀석들은 결국 네 다리를 바들바들 떨더군요.」

「내가 여기에 갇혀 있는 신세만 아니라면, 당신을 고발할 텐데. 당신 같은 자들은 모두 감방에 들어가야 한다고.」

그녀는 몸을 돌려 가상의 시청자들을 향해 말한다.

「여러분, 동의하시죠? 이자는 정말 비열해요.」

「아니, 제가 비열하다면 여러분은 어떤가요? 우리가 그런 실험들을 하는 것은 모두 까다로운 소비자인 여러분을 만족시키기 위해서입니다. 여러분은 어떤 부작용이 있는지도 모르는 샴푸나 크림을 사시겠습니까?」

「당신들은 걸핏하면 소비자에게 책임을 떠넘기지. 그들은 실험에 대해서는 아무것도 몰라. 당신들은 그 점을 이용하고 있어. 그 모든 짓거리는 그저 돈을 벌기 위한 것일 뿐이야.」

「그렇게 잘 아신다 하니 한 가지 물어보겠습니다. 검사를 거치지 않은 새로운 립스틱이 있다면, 그것을 사용할 용의가 있나요?」

「한심한 작자 같으니!」

「그건 대답이 아니죠. 검사를 거친 립스틱도 싫고 검사를 거치지 않은 것도 꺼림칙하다면, 당신은 립스틱 대신 피를 입술에 발라야겠군요. 그건 알레르기가 없고 자연성이 보증된 대용물이죠. 당신의 그 대단한 서커스 공연을 위해서도 나쁘지 않겠네요.」

「부탁할 게 있는데, 당신이 잘 모르는 것에 대해서는 이러고저러고 떠들지 마.」

「당신들이 어떻게 호랑이를 조련하는지 내가 모를 줄 알아요? 불에 달군 쇠로 호랑이 다리를 지진다는 거 알고 있어요.」

「처음에만 그러는 거야. 그 뒤에는 호랑이들 스스로 박수갈채 받는 것을 아주 자랑스러워해. 당신네가 하는 실험과는 전혀 다른 거야.」

「하나도 다를 게 없지요. 동물들이 우리의 즐거움을 위해 고통을 받는다는 점에서는 매한가지죠. 당신의 호랑이들은 녹슨 철책 우리에 갇혀서 이리저리 끌려 다녀요. 음식 찌꺼기로 만든 사료를 먹고 시끄러운 군중의 구경거리가 되죠. 그보다는 제 새끼들을 거느리고 정글 속에서 사는 게 한결 낫지 않겠어요? 당신이 큰 고양이라고 부르는 그 백수의 왕들이 당신을 위해 뒷발로 일어서는 묘기를 부리긴 하지만, 그게 제가 좋아서 하는 짓이라고 생각하세요?」

「그들은 나를 좋아해!」

「그래요? 정말 그 큰 고양이들이 당신을 좋아한다고 생각한다면, 언제 녀석들을 하루쯤 굶기고 그들의 우리에 한번 들어가 보시죠. 그러면 채찍과 막대기를 들지 않은 당신을 녀석들이 어떤 식으로 〈좋아하는지〉 알게 될 겁니다.」

「들어가라면 내가 못 들어갈 줄 알아? 난 겁 안 나.」

「아 참! 내가 깜박 잊고 있었네. 당신은 남의 주목을 받기 위해서라면 무엇이든 할 준비가 되어 있는 여자죠?」

「뭘 알기나 하고 떠들어야지. 서커스란 좋은 거야. 아이들에게 기쁨을 주기 위해 있는 거라고.」

「아, 그렇군요. 아이들에게 기쁨을 주기 위해 아이들 보는 앞에서 동물들을 학대하신다! 말 되네요. 내가 하는 실험들은 그래도 점잖은 구석이 있어요. 남들 눈에 띄지 않는 곳에서 행해지니까 말이에요.」

「이런 나쁜 자식…….」

그녀가 그에게 덤벼들면서 드잡이가 벌어진다. 판은 금세 그녀의 우세로 돌아간다. 그가 신음을 토하며 말한다.

「이거야, 원! 당신하고는 정말 대화하기가 어렵네요.」

사만타가 그의 목을 조른다.

「당장 사과해!」

「차라리 죽고 말겠소.」

그때 갑자기 소음과 함께 섬광이 번쩍인다.
라울과 사만타는 강한 전기 충격을 받은 듯이 단박에 서로 떨어져 제각기 방의 양쪽 끝으로 튕겨 나간다. 그들은 그 순간적인 충격에 놀라 서로 바라본다. 그녀가 불안한 표정을 지으며 묻는다.

「뭐야, 이게?」

「전기 충격이에요. 5백 볼트쯤 되겠어요. 바닥에서 왔어요. 바닥이 전기가 통하는 도체예요. 우리는 감전을 피할 수가 없어요. 전기가 안 통하는 곳으로 올라서고 싶어도 그럴 장소가 없으니까요.」

라울은 전율에 휩싸인다. 사만타가 옆구리를 문지르며 말한다.

「아유, 아파라.」

라울은 유리 벽 쪽으로 돌아서서 소리친다.

「이봐요, 당신들 이러면 안 돼요. 국제 사면 위원회에 이 일을 알리겠소. 이렇게 당하고만 있지는 않을 거요. 난 나가고 싶소. 나 이제 나가야겠소. 이봐요, 내 말 듣고 있어요? 방송이고 뭐고 이젠 다 그만두겠소.」

사만타의 찡그린 표정이 행복한 미소로 바뀐다.
그녀는 환해진 얼굴로 무릎을 꿇고 앉아 두 손을 모으고 기도하기 시작한다.

「뭐 하는 거예요?」

그녀는 대답하지 않고 계속 기도를 올린다.

「감전 때문에 뇌의 회로에 합선이 생겼나?」

「입 다무시지. 신앙심 없는 양반.」

「도대체 왜 그러는지 이유나 좀 압시다.」

「이해가 안 가? 우리가 조금 전에 느낀 것은 전기 충격이 아니라 바로…… 벼락이었어. 〈주님〉의 번개였다고.」

침묵.

「내가 보기에…… 우린 살아 있는 게 아냐. 그래, 우린 죽었어. 당신도 나도 죽은 거야.」

「완전히 돌았군.」

「모르겠어? 안개, 실신, 하얀 빛. 우리는 심장 마비로 의식을 잃었다가 다시 깨어난 거야. 여기 이…….」

「계속해 봐요.」

「이 천국에서 말이야.」

라울은 웃음을 터뜨린다.

「천국요? (유리 벽 너머를 가리키며) 그럼 저기에서 우리를 관찰하는 자들은 뭐죠? 천사들인가요?」

「하늘나라의 심판관들이지. 그들은 아무 말도 하지 않

아. 그저 우리를 관찰할 뿐이야. 나는 곧 심판받게 될 거야. 그들은 지금 내 삶을 돌이켜 보고 있어. 어린 시절의 나도 보고 청소년기의 나도 보고 있을 거야. 그들은 나에 관해서 모든 것을 알고 있어.」

그녀는 〈관객〉을 향해 소리친다.

「저를 용서해 주세요. 저에게 자비를 베풀어 주세요. 저는 때로 악행을 저지르기도 했습니다. 아, 그 모든 악행을 얼마나 후회하고 있는지 모릅니다.」

「사실, 이 여자는 조금…… (그는 한 손가락으로 자신의 관자놀이를 두드린다.) 이 여자를 용서해 주세요.」

「제가 지은 모든 죄를 씻고 싶습니다. 어떻게 하면 제가 속죄할 수 있을까요? 저는 속죄할 준비가 되어 있습니다.」

그녀는 주먹으로 자기 가슴을 친다.

「저는 게으르고 인색한 데다가 교만하고 샘이 많았습니다. 거짓말을 했고 식탐을 내기도 했습니다.」

「혹시 담배 가진 거 없어요?」

사만타는 단조로운 소리로 계속 기도를 올린다.

「주여, 저는 천국에 들어가기에 마땅하지 않습니다. 하지만 한 말씀만 해주십시오. 제 영혼이 곧 나을 것입니다.」

「그런데 만일 우리를 관찰하고 있는 게 천사가 아니라 악마라면 어떻게 되는 거죠?」

「아직 깨닫지 못하고 있는 저 이교도에게도 자비를 베푸소서.」

「자기 안에 〈전도자〉가 있음을 알지 못하는 사람들은 남을 〈이교도〉로 여기기 십상이죠.」

「그놈의 입 좀 닥치지 못하겠니? 나는 이 궁지에서 벗어나려고 애쓰고 있어.」

「내가 보기엔 우리가 지옥에 와 있다는 가정이 더 그럴듯해요. 사람들은 지옥을 일종의 동굴이나 사우나 욕탕이나 해수 열탕 같은 곳으로 상상하기 일쑤였죠. 그런 곳보다 더 뜨겁고 무시무시한 장소로 말이에요. 하지만 진짜 지옥은 이런 거예요. 사방이 막혀 있고 텅 비어 있으며 깊은 정적이 감도는 차가운 장소. 감시당하고 있다는 느낌은 들지만 감시하는 자가 누구인지 알 수 없는 상태. (유리 벽을 가리키며) 타인의 은밀한 시선, 그게 바로 지옥이죠.」

「신앙 없이 산다는 건 얼마나 불행한 일인가!」

라울은 거울로 되어 있는 한쪽 벽으로 다가가서 자기 모습을 비춰 본다.

「우리, 차분하게 생각 좀 해봅시다.」

「생각하고 자시고 할 게 뭐 있어. 이미 전부 알고 있는데.」

「하지만 나는 당신을 보면 볼수록 당신의 가정에 의심이 가요.」

「의심을 의심하면 믿음이 생길 거야.」

「미안하지만 난 내 눈에 보이는 것밖에 믿지 않아요. 나는 수족관 같은 곳에 호피 무늬 옷을 입은 여자와 함께 갇혀 있어요. 내 눈에 보이는 것은 그뿐이에요. 내 손목을 만져 보면 맥박이 느껴지고, 내 가슴에 손을 대보면 심장이 뛰고 있음을 느낄 수 있어요. 이것으로 미루어 볼 때 나는 멀쩡하게 살아 있고 정신도 온전한 게 분명해요. 결국 당신이 미쳐 가고 있다는 얘기가 되는 거죠.」

사만타는 라울 쪽으로 돌아서며 말한다.

「2년 전에 내 호랑이가 독감에 걸리는 바람에 다른 서커스단에서 암호랑이 한 마리를 빌려 온 적이 있었어. 이 암호랑이는 내 명령에 따르려고 하지 않았어. 왠지 불길한 느낌이 들더라고. 내가 끈질기게 강요했더니 이놈이 아가리를 쩍 벌리며 덤벼드는 거야. 몇 초 동안 내 목숨은 놈의 처분에 달려 있었어. 그런데 마치 기적처럼 놈이 갑자기 동작을 멈추는 거야. 나는 나를 바라보는 호랑이의 눈동자에서 무언가 보았어. 호랑이의 몸에 성령이 머물고 있다는 느낌이 들었지. 나는 무릎을 꿇고 기도를 올렸어. 그러자 호랑이가 내 뺨을 핥아 주었어.」

「성녀 블랑딘이 또 나셨네.」

「맞아, 성녀 블랑딘의 이야기와 비슷했어. 그때 나는 내 목숨이 나의 것이 아니라는 것과 내가 그분의 종이라는 사실을 깨달았어.」

사만타는 다시 무릎을 꿇고 조용히 기도를 올린다.

「21세기를 맞은 지 한참이 지났는데, 아직도 이런 얘기를 듣게 되다니!」

「종교심이 없으면 인간은 한낱 고기 자루일 뿐이야.」

「나는 나 자신에게 어떤 꼬리표도 붙여 본 적이 없소. 나는 다른 무엇도 아니고 그냥 나 자신일 뿐이오.」

「어쨌거나 놀라운 일이야! 하느님을 믿지 않는다니 말이야. 그러면서도 기계의 힘은 믿겠지? 하지만 과학 기술은 우리를 구원하지 못할 거야. 당신들은 그저 기계들을 도와서 우리를 노예로 만들 뿐이야.」

바로 그때 전화벨이 울린다. 하지만 소리가 사방으로 흩어져서 전화기의 위치를 정확히 알 수가 없다.
라울과 사만타는 유리 벽 너머로 질책의 눈길을 보낸다. 그들을 관찰하고 있는 자들 중에 누군가 휴대 전화를 꺼놓지 않은 자가 있기라도 한 것처럼 말이다.

또다시 벨이 울린다. 유리 벽 너머를 향한 그들의 시선이 한결 집요해진다.

세 번째로 벨이 울리자, 그들은 눈으로 소리가 어디에서 오는지 찾는다.

네 번째 벨 소리가 들리자, 라울은 더듬더듬 자기 호주머니를 뒤진다.

「내 휴대 전화네!」

그는 작은 휴대 전화를 꺼내어 귀에 갖다 대더니 낙심한 표정을 짓는다.

「누구야?」

「알람이에요. (버튼을 눌러 벨 소리를 정지시키며) 나는 휴대 전화를 자명종으로도 사용하고 있어요.」

「자명종? 아니, 그러면 지금이 아침인가?」

「맞아요. 그러고 보니 우리가 납치된 뒤로 시간이 얼

마나 흘렀는지 따져 본 적이 없네요.」

「휴대 전화의 통화 기록을 보면 그걸 알 수 있지 않을까?」

그는 휴대 전화를 들여다본다. 매우 놀란 기색이다.

「그래요. 여기 나와 있는 걸 보면 내가 이 전화기를 마지막으로 사용한 건 12월 17일이에요. 오늘은 24일. 그러니까 1주일이 지났군요.」

그녀는 그에게 다가간다.

「24일이라고? 크리스마스 전날이네.」

그는 어떤 전화번호를 누르고 기다린다. 그러다가 아무런 응답도 얻지 못하자 다른 번호를 누른다.

「역시 응답이 없어요. 통화 가능 지역이 아닌가 봐요.」

그는 혹시나 하면서 계속 시도한다.

「신호가 전혀 가지 않는 게 이상해요.」

그는 빙빙 돌아다니며 휴대 전화의 버튼을 계속 눌러 댄다. 아무 소용이 없다.
그는 사만타 옆에 책상다리를 하고 앉는다. 그녀는 여전히 무릎을 꿇은 채 미동도 하지 않고 있다. 그는 자기 앞의 유리벽 너머로 시선을 붙박는다.

「사만타, 당신이 계속 그러고 있으면 나도 조각상처럼 꼼짝하지 않을 거요. 우리에게 아무 일도 일어나지 않으면 시청자들이 우리를 외면하게 되지 않겠소? 그러면 저들은 결국 우리를 놓아줄 거요.」

잠시 후 어디선가 꾸르륵 하는 소리가 들린다.
사만타가 배를 문지르면서 죽는소리를 한다.

「아유, 배고파.」

「우리가 천국에 와 있다더니 그게 아닌가 보죠? 천국에 와 있다면 생명 유지에 필요한 욕구들을 느끼지 않아야 되는 거 아닌가요?」

「배고파. 목말라. 배고파!」

「그렇게 소리쳐 봐야 아무도 안 올걸요. 우리는 로빈슨 크루소와 프라이데이처럼 운명에 내맡겨져 있어요.」

「정말 사람 짜증 나게 하네.」

「아무도 오지 않으면 우리는 결국 서로 잡아먹게 될 거예요.」

「왝! 주제를 알아야지. 자기가 잡아먹힐 만하게 생겼다고 생각하는 모양이지?」

「내가 보기에 당신은 꽤나 먹음직스러워요.」

  그가 입맛을 다시며 입술을 핥자, 그녀는 그의 따귀를 때리려고 한다. 그는 제때에 그녀의 손목을 잡아 제지한다.
  그녀는 다른 손으로 다시 때리려 한다. 그녀의 두 손목을 그러쥐면서 그가 말한다.

「자기의 신앙만이 올바르다고 생각하는 사람들의 문제가 바로 이거예요. 그들과는 대화할 수가 없어요. 다

짜고짜 폭력으로 넘어가니까요.」

「이거 놔. 나쁜 자식…….」

그때 느닷없이 포테이토칩처럼 생긴 것들이 비 오듯 쏟아진다.
라울이 손목을 놓자, 사만타는 칩들을 집어 든다.
그 역시 칩들을 주워 주의 깊게 살펴본다.
그녀가 호기심에 가득 찬 표정으로 묻는다.

「이게 뭐지?」

「감촉이 묘하네요. 칩 같기도 하고.」

그는 그것들을 코끝으로 가져간다.

「아무 냄새도 안 나요.」

그녀는 킁킁 냄새를 맡아 보고 라울 쪽으로 돌아선다.

「먹을 수 있는 걸까?」

「먹어 봐야 알죠.」

「당신이 먹어 봐.」

「왜 내가 하죠?」

「쳇…… 당신 과학자라면서.」

　라울은 망설이다가 아주 작은 조각을 내어 조심조심 먹는다.

「어때?」

「맛이 나쁘지도 좋지도 않아요. 빵 맛과 종이 맛의 중간쯤 돼요.」

　그녀도 맛을 본다.

「아니, 이거 맛있잖아! 미사 때에 받아먹는 밀떡 맛이야.」

　사만타는 칩들을 주워 한입 가득 먹는다.
　그 모습을 보면서 라울이 현학적인 말투로 빈정댄다.

「여하간에 우리가 와 있는 곳이 천국도 지옥도 아니라

는 것을 결정적으로 당신에게 증명해 보이는 것이 나타난 셈이군요. 우리가 영양물을 섭취한다는 것은 아직 물질 세계에 있다는 증거 아니겠어요?」

「잘난 척 그만하고 이거나 드시지.」

「우리를 납치한 자들은 치밀해요. 그들은 우리를 시험하고 있어요. 우리 행동을 관찰하고 우리 행위에 따라서 반응하는 겁니다. 당신도 확인했듯이, 내가 당신의 두 손목을 잡고 있을 때 먹을 것이 떨어졌어요. 이건 우연이 아닐 겁니다. 내가 증명해 볼게요.」

그는 그녀 쪽으로 몸을 기울인다.

「손대지 마!」

사만타는 다시 그의 따귀를 때릴 기세다.
라울은 그녀의 두 손목을 꽉 잡는다. 천장에서 먹을 것이 다시 떨어진다.

「봤죠? 내가 생각한 대로예요. 우리가 신체 접촉을 할 때마다 저들이 먹을 것을 보내 주고 있어요.」

「만물박사 양반, 그래서 결론이 뭐야?」

그는 불안한 표정으로 고개를 뒤로 젖히며 천장을 올려다본다.

「저들은 우리에게서 뭔가를 기대하고 있어요.」

그녀 역시 불안한 기색을 보이며 고개를 뒤로 젖힌다.

「그게 뭔데?」

「나는 실험에 사용하는 햄스터들이 내가 원하는 행동을 하면 먹이로 상을 줍니다. 당신도 호랑이들에게 그런 식으로 하지 않나요?」

「나는 내 호랑이들에게 날고기를 주지, 화학 사료를 주지는 않아. 먹이라고도 할 수 없는 그따위 것들을 주면 호랑이가 트림하거든.」

라울이 천장을 살피면서 말을 잇는다.

「숨어서 우리를 지켜보고 있는 자들이 누구인지 모르지만, 그들은 우리가 신체적으로 접촉하는 것을 긍정적인 행동으로 여기고 있어요.」

사만타는 잠시 꼼짝 않고 있다가 다시 무릎을 꿇고는 엄숙하게 말한다.

「이건 밀떡도 아니고 칩도 아냐. 이건…… 하늘에서 떨어진 만나야.」

「어휴, 광신자들은 정말 못 말린다니까…….」

「모세가 백성들을 이끌고 광야를 건널 때처럼, 하느님은 우리를 버리지 않으신 거야.」

「이보세요, 하느님! 제 말씀을 듣고 계시다면, 이왕 내려 주시는 김에 햄과 버터와 식초에 절인 작은 오이가 들어간 샌드위치와 맥주도 좀 내려 주세요. 담배도 한 개비 곁들여 주시면 더욱 좋고요.」

사만타는 웃지 않는다. 그의 말이 이어진다.

「저들은 당근과 채찍을 번갈아 사용하고 있어요. 우리를 벌하기 위해 전기 충격을 주었고, 상으로 먹을 것을 내려 주었어요.」

「우리가 동물들에게 겪게 했던 것을 우리 자신이 겪고 있는 거야.」

「당신 생각대로라면, 저들은 당신의 발을 불에 달군 쇠로 지지고 내 눈에 독한 샴푸를 넣겠네요?」

「다른 생명들에게 고통을 겪게 한 것이 얼마나 후회스러운지 모르겠어.」

「(천장을 올려다보며) 말이야 바른 말이지, 저 여자는 정말 못된 짓을 했어요.」

「나는 죄를 지었어.」

「또 시작이군. 죄가 많기는 많은 모양이야.」

「나는 죄를 지었어. 그래서 벌을 받는 거야.」

「그래요, 당신은 벌을 받아 마땅한 사람이오. (다시 천장을 올려다보며) 하지만 내가 벌을 받는 까닭은 이해할 수가 없어요.」

「입 닥쳐!」

「당신의 죄는 또 있어요. 당신은 말하는 게 상스러워요. 당신의 종교에서 말하는 일곱 가지 큰 죄 중에 상스러움은 안 들어가 있나요?」

「그놈의 입을 내가 다물게 해주마!」

「상스럽고 난폭하고 식탐 많고, 정말 용서를 빌어야 할 게 많네요. 성정이 거칠고 탐욕스러운 것 말고도 당신에게는 문제가 많아요. 노출증이 있고 미신적인 생각에 잘 빠지는 데다가 변덕스럽고 완전히 히스테리……」

사만타가 그의 따귀를 때리려고 덤벼든다. 하지만 그는 몸을 숙여 가까스로 그녀의 손을 피한다.

「히스테리가 정말 심하군……. 이제 기습은 안 통할걸요. 나도 왕년에 킥복싱을 배운 몸이라고요.」

「한 번 혼난 것으로는 부족하다 이거지? 좋아, 따끔한

맛을 더 보여 주지.」

그들은 정면으로 맞선다. 그녀는 발을 날려 그의 넓적다리에 일격을 가한다. 그는 고통을 이기지 못하고 허리를 꺾는다.

「아야. 이 여자, 정말 미쳤군. 아유, 아파라.」

「자, 어서, 꿇어! 얌전히, 알았어? 얌전히, 옳지……. (호랑이를 조련하듯이 그의 주위를 돌며) 오, 그래, 착하지. 마음을 가라앉히고 얌전하게 있어.」

「좋아요. (어깨를 으쓱 추어올리며) 우리가 사이좋게 지내기는 어려울 것 같군요. 그렇다면 서로 방해되지 않도록 행동의 틀을 짜는 게 좋겠어요.」

「각자의 영역을 정하기만 하면 돼. (방 한복판에 발로 줄을 그으며) 여기서부터…… 여기까지는 내 구역이야. 나머지는 당신 구역이고.」

사만타는 경계를 분명히 하기 위해 칩들을 나란히 늘어놓는다.

「어떤 사회학 연구 논문에서 읽었는데, 인간은 근본적

으로 혼자 있기를 좋아하고 자신의 영역에 집착하는 동물이라고 하더군요. 나는 지금 그 논문의 주장이 옳다는 걸 확인하고 있어요. 하긴, 내가 결혼 생활을 할 때도 사정은 비슷했죠. 우리는 침대에 각자의 자리를 정해 놓고 있었어요. 깃털 이불이나 소파나 욕실 선반에 대해서도 마찬가지였죠. 영역에 대한 의식은 우리 종의 기본적인 특성 가운데 하나예요.」

사만타는 칩들을 계속 늘어놓고 있다.

「결혼한 적이 있나 보지?」

라울은 마치 가슴에 단 훈장을 자랑하기라도 하는 것처럼 심장 위에 한 손을 얹는다.

「결혼했다가 이혼하고, 다시 결혼했다가 이혼하고 나서, 또다시 결혼할까 하는 중이죠.」

「사실, 그건 놀랄 일도 아니지. 제대로 된 여자치고 당신 같은 남자를 풀타임으로 견뎌 낼 수 있는 여자가 있을까? 내가 보기엔 그런 여자를 상상하기가 쉽지 않을걸.」

「너무 그러지 마쇼. 못 견뎌서 떠난 건 언제나 내 쪽이었으니까. 여자들은 자신의 영역을 확대하기 위해 남자들의 영역을 야금야금 갉아먹는 경향이 자못 강하죠. 주말에 장인 장모를 뵈러 가는 일이 갈수록 빈번해지는 것부터 가권의 마지막 보루에 이르기까지 말입니다.」

「가권의 마지막 보루? 잠깐, 내가 맞혀 볼게. 아침에 누가 먼저 욕실을 차지하느냐 하는 거 아냐?」

「아뇨. 텔레비전 리모컨입니다. 그것이 바로 한 가정의 권력이 누구에게 있는지를 보여 주는 마지막 징표죠. 텔레비전 리모컨을 누가 쥐느냐에 따라서 저녁때부터 잠자리에 들기 전까지의 프로그램이 달라집니다. 남자가 그 마지막 상징마저 포기하면 모든 것을 잃게 되는 겁니다.」

「여자에 관해서 장황한 이론을 늘어놓는 남자들은 여자를 무서워하는 거라던데.」

「사실이에요. 난 여자가 무서워요. 하지만 남자도 무섭기는 마찬가지예요. 한마디로 나는 염인가(厭人家)이고 그걸 자랑으로 여기죠.」

「염인가? 꼭 그렇게 거창하고 어려운 말로 잘난 척해야겠니?」

「인간을 일반적으로 좋아하지 않는다는 뜻으로 한 말이에요.」

라울은 세상에 환멸을 느낀 사람의 씁쓸한 미소를 지어 보인다.

「사실, 나는 사람들을 좋아하지 않아요. 스트레스에 찌든 도시인들도 싫고 시골의 농투성이들도 싫어요.」

「그럼 여기가 당신한테는 딱 좋겠네!」

「나는 나 나름대로 일관성 있게 행동하려고 노력해요. 정치를 좋아하지 않으니까 투표하지 않고, 아이들을 좋아하지 않으니까 아예 낳지 않죠. 개를 좋아하지 않으니까 키울 생각을 하지 않고, 텔레비전을 좋아하지 않으니까 집에 놓아두지 않아요. 또 서커스를 좋아하지 않으니까, 근처에도 가지 않죠.」

「그럼 도대체 좋아하는 게 뭐야?」

「내가 좋아하는 건…… 겨울에 스키 타러 가지 않는 것, 여름에 해변의 인파 속에 끼이지 않는 것, 교통이 몹시 혼잡한 시간에 거리에서 오도 가도 못하는 상황에 놓이지 않는 것, 내가 태어난 도시의 축구 팀이 경기에서 이기든 말든 상관하지 않는 것이죠. 또 나는 성탄절 때 사람들로 미어터지는 가게에서 선물을 사지 않는 것을 좋아하고, 새해를 맞는 제야에 샴페인을 마시며 취해야 하는 의무에서 벗어나는 것을 좋아해요.」

「누구든 당신과 함께 살려면 재미하고는 담을 쌓아야겠군.」

「어떤 사람들은 마치 모든 일이 잘되어 가고 있다는 듯 마음에 없는 미소를 짓고 헛웃음을 껄껄거리기도 하지요. 나는 그런 의무를 좋아하지 않습니다. 그래요, 당신 말대로 나는 재미없는 사람이에요. 하지만 거짓으로 행복한 척하고 싶지는 않아요. 나는 현실을 있는 그대로 받아들이는 사람이라서, 술이나 마약이나 진정제나 수면제처럼 다른 사람들과 함께 사는 것을 견디게 해주고 우리가 행복하다고 믿게 해주는 것들 없이도 밤에 잘 잡니다.」

사만타는 생각에 잠겨 있다가 말문을 연다.

「쳇, 나는 좋아하는 게 쌔고 쌨는데. 우선 나는 내 가족을 사랑해. 멸치와 브로콜리를 넣은 라자냐를 아주 맛있게 만들어 주는 엄마를 사랑하고, 저녁에 피자 굽는 화덕 옆에서 우리에게 고향 이야기를 들려주는 페페로니 아저씨와 언제나 자신의 생각을 거침없이 말하는 나탈리아 아주머니도 사랑해. 에밀리오가 기타를 치고 루이지가 작은 아코디언을 연주할 때 내 사촌 티지아나가 춤추는 것을 보는 것도 좋아. 나는 올리브기름에 살짝 튀긴 양파 냄새와 냄비 속에서 뽀글거리며 익어 가는 오레가노 스튜를 좋아해. 에밀리오의 질펀한 음담을 들으면 저절로 낯이 붉어지지만 나는 그의 농담이 좋아. 나는 내 호랑이들을 좋아해. 그 녀석들도 항상 기분이 좋은 건 아니라서 이따금 까탈을 부리기는 하지만 말이야. 나는 돈을 내고 나를 보러 오는 관객들을 좋아해. 우리를 보고 있을지도 모를 저 관객들도 좋고, 우리를 보고 계실 게 틀림없는 하느님도 좋아.」

「당신은 마시멜로로 된 달콤하고 말랑말랑한 세상에 살고 있군요.」

「나는 내 어린 시절을 추억하는 게 좋아. 서커스단의 남자 아이들과 구슬치기를 하다가 무릎에 멍이 들었던 일이며, 코끼리 똥을 처음 보고 배꼽 빠지게 웃었던 일을 떠올리는 게 좋아. 나는 공연을 끝내고 관객들로부터 박수갈채를 받는 그 순간을 좋아해. 설령 관객이 열 명밖에 되지 않고 그들의 갈채가 열렬하지 않다 해도, 나는 그들이 손뼉을 마주칠 때마다 황홀한 기분을 느껴. 그게 바로 나의 마약이고 나의 진정제야. 그래서 나도 당신처럼 밤에 잠을 아주 잘 자지.」

「마음이 가난한 사람은 행복하다. 하늘나라가 그들의 것이다.」

「당신이 인간을 좋아하지 않는 것은 인간을 이해하지 못하기 때문이야. 이해할 수 없다고 해서 침을 뱉는 것은 비겁한 짓이야.」

「인간은 전체적으로 보아 비겁한 동물입니다. 나는 생쥐와 햄스터와 토끼 같은 동물들을 자주 접촉해 봐서 그걸 알아요. 우리가 가하는 고통을 견뎌 내는 그들의 모습을 보고 있노라면 그 용기와 자기희생에 저절로 찬탄이 나오죠. 나는 그들에게 고통을 주면서도 그들을 존경하지 않을 수가 없어요.」

「그렇게 경탄하면서 그들을 희생시킨다는 게 말이나 돼?」

「그들은 고통 앞에서 의연합니다. 나는 실험실의 흰쥐들이 새끼들을 죽이는 것을 보았어요. 새끼들이 내 실험에 희생되는 것을 면하게 하려고 죽이는 겁니다. 흰쥐들은 자기들이 어떤 상황에 놓여 있는지를 알고 있었어요. 그래서 자기들이 사랑하는 존재들을 위해 피해를 최소화하려고 애쓰더군요……. 그런데, 우리 두 사람의 행동을 보세요. 공황과 말다툼 사이를 오가고 있을 뿐이지요.」

「그거야 당신이…….」

「그건 그렇고 당신은 결혼했어요?」

사만타는 머뭇거린다.

「평생을 함께할 남자를 기다리고 있지.」

「동화 속의 왕자 같은 남자를 기다리는 건가요? 당신이 텔레비전 뉴스에 나오는 이미지를 믿는다고 했을 때, 나는 그것이…… 순진하다고 생각했어요. 또 당신이 하느님을 믿는다고 했을 때는 가슴이 뭉클해지는 것을 느꼈어요. 하지만 동화 속의 왕자 같은 남자가 나타나리라고 믿는 것은 뭐랄까…….」

「바보 같다 이거지?」

「흔치 않은 일이죠. 저 사람들은 어떻게 당신을 찾아냈을까요? 당신 같은 부류의 여자들은 완전히 사라진 줄 알았는데.」

「내가 동화 속에서 튀어나오기라도 했다는 거야?」

「감상적인 소녀 취향의 꿈이 귀엽네요.」

「나는 그 매력적인 왕자님이 어디선가 날 기다리고 있다는 걸 알아. 언젠가는 그를 만나게 될 거야. 그러면 우리는 결혼할 것이고, 아이를 다섯…… 아니, 여섯…… 아니, 다섯…… (단호하게) 그래, 다섯 명 낳을 거야.」

「그런데 그 운명의 남자를 어떻게 알아보죠?」

「첫 키스로……」

「키스를 받으면 왕자로 변한다는 개구리 이야기인가요?」

「맞아.」

「그 왕자를 찾느라고 이제껏 많은 남자들하고 키스깨나 했겠네요?」

「지금까진 어떤 키스도 마법의 효과를 내지 않았어.」

사만타는 꿈꾸는 듯한 표정을 짓는다.

「마법의 효과라는 게 뭐죠?」

「뭐라고 설명할 수가 없어. 이 남자가 바로 내가 찾던 그 남자임을 알게 하는 완벽한 계시야. 온몸이 엄청난 전율에 휩싸이고, 마음속에 물결이 일어 모든 것을 휩쓸어 가는 것, 한마디로 벼락을 맞은 것처럼 전기가 짜르르 통하는 거지.」

「와, 그런 거구나! 하지만 1년쯤 지나면 그 왕자님도 당신을 본체만체할걸요. 그러면 누가 텔레비전 리모컨을 잡느냐가 중요해지죠.」

「그 남자는 안 그럴 거야. 그런 쫀쫀함과는 거리가 멀거라고.」

「당신이 어떤 식으로 구애 행동을 하는지 상상이 가고도 남아요. 당신은 야생아 복장을 하고 서커스 공연을 하면서 남자들을 유혹하죠. 공연이 끝나면 그들은 달콤한 말을 속삭이고 당신의 환심을 사기 위한 행동을 하죠. 그러면 당신은 그들 중에서 누군가를 선택하죠.」

「아냐. 대개는 나이트클럽에서 일이 벌어지지.」

「아, 내가 잊고 있었네요. 나이트클럽에서 춤추는 게 파트너를 고르기 위한 새로운 의식인데 말이에요. 그 의식은 상대방의 생김새를 제대로 분간하지 못하도록 어둠 속에서 거행되고, 일체의 대화를 피할 수 있도록 소음 속에서 진행되죠.」

「난 춤추는 걸 좋아해. 그게 어때서 그래? 나쁠 거 없잖아?」

「놀라운 것은 그런 의식이 유행하기 시작한 뒤로 우리 종이 퇴화하고 있다는 거예요. 사람들이 어떻게 짝을 짓는지 생각해 봐요. 어둠과 소음 속에서 선택이 이루어져요. 그 결과 거꾸로 된 다윈설이 나타나요. 가장 쓸모없는 자들이 짝을 짓고 생식을 하는 거죠.」

「때로는 밤에 그 남자를 꿈에서 보기도 해. (천천히 책상다리를 하고 앉으며) 그는 키가 크고 잘생겼어. 금발에 파란 눈이야. 피아노도 잘 치는 데다가……」

「치약 광고에 나오는 영화배우 같기도 하고요.」

「당신은 샘도 나겠지. 인생을 망친 사람이니까.」

「그런 환상을 품고 살면 행복한가요?」

「남의 꿈을 깨뜨리는 게 당신의 유일한 즐거움인가 보지?」

「아직 눈치 채지 못한 모양인데, 난 당신을 이해해요.

나 역시 가끔은 순진해지고 싶을 때가 있어요. 그러면 사는 게 한결 편안해질 테니까요.」

「가장 좋은 건 저마다 자기 영역을 지키며 사는 거지. 당신은 거기에서, 나는 여기에서. 이 경계선을 넘지 않기야, 알았지?」

「좋으실 대로…… 그래도 가끔씩은 한복판에서 만나 서로 손을 잡고 힘겨루기를 해야 돼요……. 그래야 저들이 음식을 내려 줄 테니까 말이에요.」

「오케이. 하지만 만일 당신이 수상쩍은 태도를 보이거나 같잖은 언행으로 도발해 온다면, 내가…….」

「네, 알아요. 당신이 내 귀를 잡아 뜯거나 내 눈을 후벼 파리라는 걸 말이에요.」

「음…… (무언가를 찾는 듯하다가) 분명히 해둘 게 한 가지 더 있어. 여기엔 화장실도 없고 몸을 숨길 가구도 없어. 그래서 내가 용변을 보고 싶으면, 당신에게 고개를 돌리고 귀를 막으라고 요구할 거야.」

「그거야 문제될 거 없죠. 내 쪽에서도 당신에게 같은 요구를 해야겠네요.」

「그렇게 얌전하게 나오니까 서로 좋잖아? 당신은 조금만 노력하면, 그런대로 참아 줄 만한 사람이야.」

「우리가 얼마나 오랫동안 여기에 머물러 있게 될지 모르지만, 저들이 배설물 처리 방법을 생각해 두었기를 바라요.」

「우리에게 물을 주는 방법도 생각해 놓았겠지? 점점 더 목이 말라. 말을 많이 해서 목이 건조해진 모양이야. 무엇이든 마시고 싶어. (천장을 올려다보며) 마실 것을 줘요! 마실 것이 필요해요!」

「우리는 배가 고프다는 것을 저들에게 알리는 방법을 알아냈어요. 마실 것을 얻기 위해서는 또 다른 몸짓을 시도해 봐야 할 거예요.」

   라울은 그녀 쪽으로 다가가더니 기습적으로 그녀를 껴안는다. 그녀가 빠져나가려고 몸부림치자 그는 두 팔에 힘을 잔뜩 주어 그녀를 더욱 바싹 끌어당긴다. 그때 갑자기 불이 꺼진다.

잠시 후.
불이 다시 들어오자, 방 한복판의 두 영역 사이에 수직으로 놓인 바퀴 한 개가 보인다.

「아니, 이게 뭐야?」

「커다란 바퀴네요.」

「이걸 무엇에 쓰라고 준 거지?」

「내가 햄스터 우리 속에 바퀴를 넣어 줄 때는 대개 녀석들이 그것을 굴리면서 저린 다리를 풀라고 그러는 거죠.」

사만타는 속죄의 제물처럼 살금살금 바퀴 쪽으로 가더니, 그 속에 자리를 잡고 굴리기 시작한다.

「사만타, 당신, 뭐 하는 거예요?」

그녀의 발놀림이 점점 더 빨라진다.
라울은 바닥에 주저앉는다.

「이건 미치광이들의 장난이에요.」

그녀는 바퀴 돌리는 속도를 조금 늦추며 되받는다.

「천만에! 〈운명의 바퀴〉에 맞서 싸우는 게 능사는 아냐. 자기 운명을 받아들이면 되는 거야.」

그녀는 다시 빠르게 바퀴를 돌리기 시작한다.

「스톱! 사만타, 제발 그 유치한 장난 좀 그만둬요!」

「난 내가 하고 싶은 대로 해.」

「거, 정말 담배나 한 대 피웠으면 딱 좋겠네.」

「담배를 끊을 수 있는 절호의 기회야.」

「하루에 두 갑을 피우던 사람한테 그게 어디 쉬운 일이겠어요? 여기에서 금연 패치를 구할 수 있는 것도 아니고.」

사만타는 바퀴 돌리기를 멈춘다.

「라울, 한번 해보겠어? 빨리 돌리다 보면 아무 생각도

하지 않게 돼. 환각을 일으키기까지 하니까 그리 불쾌하지 않을 거야.」

「땀을 흘려서 목이 더욱 마르겠네요.」

그는 바퀴를 바라보다가 갑자기 이마를 딱 친다.

「세상에! 내가 왜 진작 그 생각을 못했을까?」

「뭔데?」

「저들은 우리가 서로 붙잡고 있을 때 음식을 내려 줘요. 당신 생각엔 그 이유가 무엇인 것 같아요?」

「모르겠어.」

「저들은 우리가 싸우면 전기 충격을 가해요. 당신은 그 이유가 뭐라고 생각해요?」

「수수께끼 놀이는 그만하고 어서……」

「이건 하나의 놀이고 하나의 구경거리예요. 어딘가에

관객이 있어요. 저들은 우리가 어떻게 행동하는지 알아보기 위해, 마치 우리가 햄스터들에게 바퀴를 넣어 주듯이 커다란 바퀴를 우리에게 준 거예요. 저들은 우리가 어떤 특정한 행위를 하도록 격려하고 있어요.」

「그게 뭔데?」

「저들이 원하는 건 우리가…… 사랑의 행위를 하는 거예요.」

「지금 제정신으로 하는 소리야?」

「생각해 봐요. 우리가 서로 사랑하는 모습을 보여 주면, 이 쇼는 더 일찍 끝날 것이고 우리는 집으로 돌아갈 수 있을 거예요. 그리고 분명히 말하건대, 만일 상이 있다면 내 몫까지 당신에게 줄게요.」

사만타는 한 걸음 뒤로 물러선다.

「겁내지 마요, 사만타. 가까이 와요.」

사만타는 경계심을 늦추지 않고 다가선다.

「자아, 경계선을 넘어와요. 내가 당신을 내 집에 초대하는 거예요.」

그는 그녀의 손을 잡고 자기 쪽으로 이끈다.
천장에서 다시 칩들이 떨어진다.

「이제, 나에게 키스해 줘요.」

「(혼잣말로) 괜찮아, 흥분하지 말자고. 이런 건 아무것도 아냐. 라울, 내 말 잘 들어. 내 대답은…… (울부짖는 소리로) 〈노〉야!」

「뺨에다 하는 것도 안 돼요?」

「꿈도 꾸지 마!」

「계집아이처럼 굴지 마요. 그냥 과학 실험을 하는 거라고 생각해요.」

「핑계 한번 좋다!」

「우리는 알아내야만 해요.」

사만타의 얼굴에 망설이는 기색이 어린다.

「이 틈을 타서 엉뚱한 짓을 하지 않겠다고 맹세하지? 내가 분명히 경고하는데…….」

라울은 그녀의 뺨에 입을 맞춘다. 그러자 즉시 불이 꺼진다. 불이 다시 들어오자 물이 가득 담긴 그릇이 무대에 놓여 있다.

「라울, 이것 봐! 물이야!」

「물통을 내려보냈군요. 내가 생각했던 대로예요.」

「아, 아냐, 아냐. 내가 당신 속셈을 모를 줄 알고? 우리가 서로 어루만지고 쪽쪽 빠는 짓을 많이 하면 할수록 더 많은 상을 받게 될 거라는 얘기를 하고 싶은 거지?」

그들은 물을 마시러 간다.
라울은 관자놀이를 물로 적시며 자기 생각이 옳았음을 재차 확인하려 든다.

「당신이 방금 말한 게 규칙인가 봐요. 그런 규칙이 어떻게 정해졌는지는 모르지만, 일이 그런 식으로 돌아가고 있어요.」

 사만타는 물건들을 살피면서 심드렁하게 말한다.

「먹을 것과 마실 것이 있고 바퀴를 돌리며 운동도 할 수 있으니, 나에게 필요한 건 다 있는 셈이야.」

「만일 우리가 하던 일을 계속한다면, 화장실을 따로따로 갖게 될지도 모르고 매트리스며 작은 오두막을 얻게 될 수도 있는데…….」

「설마 내가 가루 얼음을 만드는 냉장고를 얻으려고 당신에게 마음에도 없는 아양을 떨 거라고 생각하는 건 아니겠지?」

 사만타는 자기 영역으로 돌아가면서 경계선에 놓인 몇몇 칩들이 흐트러져 있는 것을 가지런하게 바로잡는다.

「미안해요, 사만타. 나는 그저 감금 상태에 있는 우리 조건을 개선해 보려고 했을 뿐이에요.」

「하지만 당신 꼬락서니를 좀 봐. 당신은 성욕에 면역

을 주는 백신이야. 도대체 어떤 여자가 당신과 자고 싶어 하겠냐고! 절망에 빠진 여자나 변태가 아니라면 말이야.」

「말 다 했어요? 그렇게 해대니까 성이 풀려요?」

「게다가 이미 말했듯이, 나는 파란 눈에 금발이고 키가 큰 남자들만 좋아해.」

「알아요. 그리고 당신과 마법의 키스를 나눌 개구리가 어딘가에서 당신을 기다리고 있다는 것도 알고 있어요. 그 개구리는 당신을 만나지 못한 것을 슬퍼하면서 당신을 알기도 전에 일편단심으로 당신을 그리고 있죠.」

「맞아. 그리고 일편단심으로 기다리는 건 나도 마찬가지야.」

「내가 바로 그 개구리라고 생각해 봐요. 나하고 키스를 해보기 전에는 내가 매력적인 왕자로 변할지 안 변할지 모르는 일 아니겠어요?」

「개구리라면 기꺼이 키스하겠어. 하지만 두꺼비하고

는 못해!」

「우리가 여기에 오랫동안…… 아주 오랫동안 머물러 있게 된다 해도 말인가요?」

「나는 키스를 안 하고도 얼마든지 지낼 수 있어.」

「내가 완력으로 당신 입술을 훔치면요?」

「그런 짓을 시도하다가 부자지를 된통 걷어차인 자들이 전에도 있었지.」

「동화 속의 왕자 같은 남자를 기다린다는 여자 입에서 그런 말이 나오다니, 말본새가 참 우아하기도 하군요.」

「어쨌거나 나는 온전하게, 정말이지 온전하게 사랑을 느끼지 않으면, 어떤 사랑의 몸짓도 할 수가 없어.」

「아니, 누가 당신에게 사랑을 느끼래요? 나는 그저 실리를 추구하려는 거예요. 먼저 그 뭐냐, 약간의…… 애무로 시작해 볼 수 있지 않겠어요? 단지 우리의 생활 조건을 개선하기 위해서라도 말이에요. 그다음 일은 그때

가서 생각해 보면 되는 거고요.」

「라울, 당신 말이야, 여자 굶은 지 오래됐지, 안 그래?」

 사만타는 바퀴를 다시 돌리기 시작한다.
 라울은 유리 벽 너머를 바라보며 대답한다.

「어디선가 읽었는데, 미국의 한 동물원에 새끼를 낳으려 하지 않는 암수 판다 한 쌍이 있었대요. 사육사들은 판다들에게 장난감을 주었지요. 그러자 판다들이 마침내 교미를 하더라는 겁니다. 이 바퀴는…… 장난감이에요. 그리고 우리는 점점 더 많은 장난감을 받게 될 거예요. 두고 보세요.」

 천장으로부터 이상한 굉음이 울린다.
 그들은 고개를 든다.
 사만타는 그에게 달려와서 몸을 바싹 기대고 옹송그린다.

「라울, 무서워.」

 칠흑 같은 어둠. 이상한 소리.
 잠시 후.

불빛이 돌아온다. 구겨진 종이 두루마리들이 무대 한복판에 더미를 이루고 있다.

「봐요, 사만타. 새로운 게 또 나타났어요.」

「종이 두루마리들이네. 이걸 무엇에 쓰라고 준 거지?」

　라울은 종이 더미에 다가가서 자세히 살핀다.

「냅킨이나 손수건, 화장지, 행주 등으로 쓰면 되겠네요…….」

　사만타도 종이를 살펴보더니 갑자기 두루마리를 펼쳐서 무언가를 만들기 시작한다.
　라울은 그녀에게 다가가서 그녀의 손놀림을 가만히 지켜본다.

「뭘 만들어요? 종이로 오두막이라도 짓겠다는 거예요?」

「허기를 때우고 갈증을 해소했으니, 이젠 피로를 좀 풀어야지. 나에겐 평안함과 아늑함이 필요해. 한쪽 구석에 나만의 조용한 공간을 마련해서 휴식을 취하고 싶어.」

 라울도 그녀를 따라 오두막을 짓기 시작한다. 하지만 그에겐 그녀만 한 재주가 없다.

「에…… 나는 수공 일에는 영 젬병이에요. 나 좀 도와주겠어요?」

「자기 일은 자기가 알아서 해야지.」

「부탁해요.」

 사만타는 그의 요구를 받아들이고 종이를 모은다.

「고마워요. 어릴 때 햄스터를 키웠는데, 녀석들은 이런 일을 아주 잘하더라고요.」

 그들은 햄스터처럼 자신들의 오두막을 들락거린다.

「어렸을 때 오빠들과 함께 이런 오두막을 지은 적이 있어. 이불과 빗자루를 가지고 말이야. 어머니는 질색하셨지. 우리는 그 안에 숨어서 카우보이와 인디언 놀이를 했어.」

라울은 사만타의 오두막에 경탄의 눈길을 보낸다.

「훌륭해요. 당신, 대단한 종이 건축가로군요. 말벌들도 이 솜씨에 깜짝 놀라겠어요.」

사만타는 자기 오두막으로 들어간다. 안에서 종이 부스럭거리는 소리가 들려온다.

「뭐 해요? 침실이라도 꾸미나 보죠?」

「그냥 침대랑 쿠션이랑 머리맡 탁자를 만들고 있어. 이왕이면 안락한 게 좋잖아?」

라울은 자기 오두막으로 돌아간다. 안으로 들어서기가 무섭게 지붕이 무너져 내린다.
그는 그녀가 눈치채지 못하게 부랴부랴 오두막을 다시 세운다. 그런 다음 종이 한 장을 집어 들어 배를 만들더니 오두막 앞에 놓는다. 누가 보기에도 그녀의 눈길을 끌자는 수작이다.

「아, 라울, 실내 장식까지 하려고?」

그는 다른 종이 한 장을 집어 들어 비행기를 접는다.

「발디니 양, 댁의 실내 장식을 도와 드릴까요? 초음속 여객기를 만들어 드릴 수도 있는데요.」

사만타는 종이로 만든 스튜 냄비를 꺼내 든다.

「뜻은 고맙지만, 나에게 필요한 건 이런 거야.」

라울은 비행기를 날린다. 그러고는 커다란 종잇조각을 집어 입에 넣고 씹는다.

「그거로 이를 닦는 거야? 거, 되게 추접하네!」

라울은 씹던 종이를 뱉어 내더니 그것으로 곰 인형을 만든다.

「곰 인형이 없으면 잠이 안 와서요.」

그는 자기가 만든 물건을 자랑스럽게 보여 준다.
사만타는 입을 삐죽 내밀며 혐오감을 드러낸다.

「자아, 오늘은 이쯤에서 마무리하는 게 좋겠어. 안녕,

라울.」

「잘 자요, 사만타.」

 몇 초 후, 라울은 자기 오두막 밖으로 머리를 내민다.

「저기요…… 하나만 더 물어봅시다. 정말 담배 가진 거 없어요? 금단 증상이 오고 있어서 말이에요.」

「잊지 말고 진작 챙겼어야지.」

 라울은 그 하나 마나 한 소리에 고개를 가로젓는다. 두 사람은 저마다 자기 오두막 안에서 잠자리에 든다. 그가 오두막의 입구를 막으려는 찰나에 지붕이 다시 무너져 내린다. 그는 머리와 발을 밖에 둔 채 잠든다. 가만가만 들리던 그의 코 고는 소리가 갈수록 요란해진다.
 사만타는 오두막 밖으로 머리를 내민다. 성난 동물이 굴 밖을 노려보고 있는 듯한 모습이다. 그녀는 귀를 막고 휘파람 소리를 낸다.
 라울의 드르렁거림이 조금씩 느려진다. 그가 옆으로 돌아눕자 코 고는 소리가 멎는다. 사만타는 평온을 되찾고 돌아간다.
 그러나 라울이 다시 코를 골기 시작한다.

「어이, 이봐!」

드르렁대는 소리가 더욱 커진다.

「야, 디젤 기관차! 소리 좀 죽여!」

라울은 한층 더 요란하게 코를 골아 댄다. 사만타는 한쪽 구두를 벗어 그에게 던진다.
그의 코 고는 소리가 멎었다가 다시 시작된다.

「어유, 이거 도저히 못 참겠군!」

그녀는 벌떡 일어나 그를 향해 달려가더니 그의 코를 잡는다. 그는 호흡 곤란을 느끼며 잠에서 깨어난다.

「뭐…… 뭐예요…….」

「무슨 코를 그렇게 요란하게 골아. 남하고 같이 살 생각이라면, 잊지 말고 코에다 약음기(弱音器)를 달아야겠어. 나보고 밤새도록 당신의 세레나데 연주를 들으라는 거야? 난 그럴 마음이 조금도 없어.」

그는 하품하고 기지개를 켜더니, 눈을 비비며 묻는다.

「지금 아침이에요?」

「우리는 5분도 채 자지 않았어. 당신은 눕기가 무섭게 돼지처럼 드르렁대기 시작했어. 아! 코 고는 남자들은 딱 질색이야.」

「미안해요.」

「말로만 미안하다고 하는 건 쉬운 일이지.」

「아니, 뭐라고요? 코 좀 고는 게 무슨 죽을죄라도 됩니까? 일부러 그러는 것도 아니고 원래 그런 걸 난들 어떡해요? 당신 마음에 들자고 연구개 수술을 받을 생각은 없어요.」

「누가 내 마음에 들게 해달래? 이건 공동생활의 문제야. 공동생활에서 각자의 자유는 다른 사람의 불편이 시작되는 곳에서 멈추는 거야. 나는 당신 때문에 불편을 겪고 있어.」

불빛이 꺼진다.
어둠 속에서 잠시 금속성이 들린다.
불빛이 다시 들어온다.

「저것 봐요, 사만타. 사다리예요!」

사만타는 사다리 주위를 돈다.

「올라가 볼까?」

「그래요, 어서!」

「아냐, 당신이 올라가.」

  라울은 한 손을 내밀더니, 잠시 머뭇거리다가 사다리를 만진다. 전류가 흐르는 사다리는 아니다. 그는 마음을 놓으며 사다리의 가로대 하나를 잡고 오르기 시작한다.
  사만타도 다가와서 사다리가 쓰러지지 않도록 붙들어 준다.
  라울이 사다리 꼭대기에 다다르자, 사만타가 묻는다.

「뭐가 보여?」

「천장에 작은 구멍들이 있어요. 그리고 한복판에 커다란 뚜껑 문이 있네요. 저들이 이 문으로 우리를 내려 보냈을 거예요. 당신이 올라와서 내 다리를 잡아 주면, 한 단 더 올라가서 뚜껑 문을 열 수 있을지도 모르겠어요.」

사만타는 사다리로 기어 올라가 그의 다리를 잡는다.
그러자 그는 가로대 하나를 더 딛고 성큼 올라간다.

「됐어요. 손이 닿았어요.」

「어서, 열어 봐!」

라울은 문을 열려고 안간힘을 쓴다.

「아주 가벼운 자재 같은데 여간 단단하지가 않은데요.」

「더 세게 밀어 봐!」

「그게 쉬운 줄 알아요?」

그는 어디를 밀어야 문이 열릴까 하면서 잡을 곳을 다시 찾는다.

「됐어요. 움직여요! 해냈어요.」

그는 일거에 뚜껑 문을 들어 올린다.
한 줄기 빛살이 그들을 환하게 비춘다.

「뭐가 보여요?」

「커다란 방이 보여요. 천장이 아주 높아요. 높이가 20미터는 되지 않을까 싶어요.」

「뭘 꾸물거리고 있어? 어서 도망쳐야지!」

그녀가 한 단 위로 더 올라가려는 찰나, 거뭇한 형체 하나가 라울의 머리 위로 열려 있는 뚜껑 문을 가린다.
라울은 공포에 질린 비명을 내지른다.

「아아아!」

라울이 사다리 꼭대기에서 갑자기 떨어지는 바람에 사만타도 균형을 잃고 굴러 떨어진다.
마찰음과 함께 금속판이 다시 닫히고 빛줄기가 사라진다.
그들은 다시 일어선다.

「아이고, 이 얼뜨기야!」

「저…… 저…… 저 위에…….」

「저 위에 뭐?」

라울의 눈은 튀어나올 듯이 휘둥그레져 있다. 심한 충격을 받은 듯하다.

「저 위에 이…… 이…… 있어요.」

「또 뭐가 있는데?」

「누…… 누군가가…… 있어요.」

「누가 있다는 거야? 도대체 뭔데 그래? 무슨 말인지 알아듣게 해봐!」

「나는 한쪽 눈만 봤어요.」

「한쪽 눈? 누구의 눈인데?」

「그건 아주…… 아주…….」

「말을 걸었어야지!」

「……그건 보통 눈이 아니었어요. 정말 어마어마하게 컸어요.」

그러면서 그는 두 팔을 벌린다.
사만타는 잠시 생각에 잠겨 있다가, 갑자기 만족스러운 표정을 지으며 입을 뗀다.

「하느님의 눈이야! 아까 내가 말한 게 맞아. 우리는 천국에 와 있는 거라고. 우리는 선택받았어. 〈그분〉이 우리를 보고 계셔. 당신이 본 건 〈하느님의 눈〉이야.」

「그건 노란색과 초록색이었어요. 한가운데 길게 째진 부분은 번쩍거리는 검은색이었지요. 양서류의 눈과 상당히 비슷했어요. 거대한 개구리 같았다고요!」

「무슨 소리를 하는 거야?」

「내 말을 못 믿겠거든 당신도 올라가서 한번 봐요. 따지고 보면 당신이야말로 개구리 전문가니까, 당신 눈으로 직접 확인해 보라고요!」

사만타는 사다리를 타고 올라간다. 뚜껑 문이 열리면서 다시 빛이 쏟아져 들어온다. 그녀는 너무 놀라서 입을 딱 벌린다. 그러고는 아주 천천히 사다리의 가로대를 디디며 내려와 떨리는 목소리로 말한다.

「하느님이 아냐…….」

「내가 보기에도 아니에요. 어떤 동물인 게 분명해요. 키가 적어도 10미터는 돼요. 아마 그 이상일 거예요.」

그는 휴대 전화를 꺼내 어떤 번호를 누른다. 역시 아무 신호도 없다.

「라울, 하느님도 아니고 텔레비전 방송도 아니라면, 그게 도대체 뭘까?」

그는 얼굴을 찡그린다.

「그건 거대한 동물이에요. 일찍이 다른 어디에서도 그

런 것을 본 적이 없어요.」

「영화를 찍고 있는 것은 아닐까? 특수 효과로 살아 있는 것처럼 보이게 하는 것일 수도 있어.」

「그렇다면 필름이 너무 오랫동안 돌아가고 있어요. 보통 영화 필름 한 릴로 계속 찍을 수 있는 시간은 최대 12분이에요.」

「혹시 어떤 병이 있어서 키가 아주 커진 사람이 아닐까? 그런 사람들이 간혹 있는 모양이던데.」

「병이 아무리 심하다 해도 사람의 키가 10미터도 넘게 자랄 수는 없죠.」

「하느님도 아니고 영화의 특수 효과도 아니라면, 저건 동물이야. 우리는 어떤 거대한 동물에게 붙잡혀 있는 거라고!」

「그래요……. 하지만 거대한 동물이라고 해도 저런 것은 본 적이 없어요. 저건 악어도 아니고 황소개구리도 아니고 얼었다가 녹은 공룡도 아니에요. 진짜로 새로운 동물이에요.」

「새롭다고? 어느 정도로 새롭다는 거야?」

「상상을 초월하죠. 지구상에서 한 번도 본 적이 없는 동물이에요.」

사만타의 얼굴에 아연 긴장한 기색이 감돈다.

「그럼 지구가 아닌 다른 곳에서 온 생물인가······.」

「(그가 고개를 끄덕이며) 음······ 음······.」

「말도 안 돼.」

그들은 가만히 천장을 올려다본다.
사만타는 몸을 웅크린다.

「사만타, 이건 아주······.」

「끔찍한 일이야!」

「굉장한 일이죠.」

「이건 악몽이야.」

「그냥 꿈이죠.」

「나 자신을 세게 꼬집으면 이 악몽에서 깨어날 거야.」

라울은 영화 「미지와의 조우」의 음악을 휘파람으로 분다.

「틀림없이 〈그들〉이에요.」

사만타는 질겁하며 소리친다.

「아냐!」

「그들이 맞아요.」

「아냐!」

「그들이 맞아요.」

「아냐, 아냐! 그들이 아니라고…….」

「맞아, 맞아, 맞다니까요.」

잠시 후.

「어렸을 때 내 꿈은 인류의 대사가 되어 〈그들〉 나라에 파견되는 거였어요. 그런데 그들이 마침내 여기에 왔어요.」

그는 다시 사다리를 타고 올라간다.

「당신 미쳤어?」

사만타는 그의 바짓가랑이를 붙잡는다.

「저들과 대화해야 해요!」

「저들은 외계 생물이야!」

「그래서요? 나는 외계 생물과 지구 생물에 차이를 두는 사람이 아닙니다.」

「저들은 괴물이야!」

「왜 지구 생물이 아니면 다 괴물이라는 거죠?」

「저들은 거대한 개구리야. 너무 징그럽고 흉측해.」

「저들에게 키스하면 매력적인 왕자들로 변할지도 몰라요.」

「저들이 우리를 잡아먹을 거야!」

 사만타는 바짝 긴장해서 라울의 손을 잡는다.
 그러자 즉시 천장에서 먹을 것이 떨어진다.

「저들이 우리에게 자꾸 먹을 것을 주고 있어. 마치 우리가 거위들에게 억지로 먹이를 많이 먹여서 살을 잔뜩 찌우듯이 말이야……. 저들은 우리를 잡아먹을 거야. 아직도 모르겠어?」

「당치도 않은 소리예요.」

「저들은 우리가 푸둥푸둥 살이 오르기를 기다리고 있

어. 〈인간 푸아그라〉를 얻기 위해 우리 입에다 깔때기를 대고 억지로 음식을 먹일지도 몰라.」

「그럴 리가 없어요. 우리 인간 말고는 우주의 어떤 동물도 그토록 잔인한 짓을 할 수 없을 거예요.」

사만타는 환각에 사로잡힌 듯한 모습이다. 라울의 말을 귓등으로 듣고 있다. 그녀의 어조가 점점 이상해진다.

「저들은 우리를 아귀아귀 먹어 치울 거야. 우리가 먹음직스럽게 살이 붙으면, 우리 목을 자른 다음 두 발을 잡고 거꾸로 들어서 우리 피를 받아 낼 거야. 그것으로 순대를 만들겠지? 그다음에는 우리의 손과 발을 자를 거고, 우리 배를 갈라서 야채를 다져 만든 속을 넣을 거야. 오늘이 크리스마스 전날이라고 했지?」

「저들의 축일이 우리와 똑같을 리가 있겠어요?」

「우리는 뜨거운 기름 소스에 담겨서 천천히 익게 될 거야. 다 익으면 염교를 넣고 튀긴 작은 감자들과 밤들에 둘러싸이겠지? 장식용으로 콧구멍에는 파슬리가, 귓구멍에는 방울토마토가 하나씩 박힐 거야. 우리 몸에서 나온 즙이 소스와 뒤섞이면서 흥건한 국물이 생길 거야. 소금과 후추가 조금씩 뿌려지고 우리 고기가 식탁에 오르면, 누군가 소리치겠지? 자! 다들 식사하러 와요! 와, 맛있겠다! 이게 무슨 요리예요?」

「자아, 진정해요.」

「사람 고기야! (사만타는 자식들에게 음식을 차려 주는 어머니의 동작을 흉내 낸다.) 아주 연하고 때깔 좋은 사람 고기지. 따끈따끈할 때 먹으면 더욱 맛있단다. 그렇다니까! 사람 고기야! 사료를 먹고 자란 사람이 아니라 자연 상태에서 곡물을 먹고 자란 사람을 잡은 거야. 어미가 그렇게 말하면, 탐욕스러운 어린것들은 우아, 하고 환호성을 지르지.」

「발디니 양…… 정신을 바짝 차려야…….」

「넓적다리는 누가 먹을래? 장딴지는 누구 줄까? 목은 누가 먹을래? 엉덩이는 아무나 먹는 게 아니고 많이 먹어 봐야 맛을 알게 돼. 얘들아, 너무 급히 먹지 마. 고기는 모두가 먹을 만큼 있어.」

「사만타!」

사만타는 가상의 식탁에 둘러앉은 아이들과 라울에게 번갈아 가며 말을 건넨다.

「아니, 애들아! 가죽을 남기면 어떡해? 그게 가장 맛있는 거야! 아, 아저씨! 아저씨는 내 사람 고기 요리를 어떻게 생각하세요? 너무 익힌 건 아닌가요? 반주로 백포도주 한잔하실래요? 백포도주는 사람 고기의 맛과 아주 잘 어울리죠. 그런데 조심하세요. 사람 고기에는 작은 뼈들이 많아서 목에 걸리거나 잇새에 끼일 수도 있어요. (사만타는 이쑤시개 통을 내미는 시늉을 한다.) 그래서 이렇게 이쑤시개를 준비해 두었죠.」

「사만타!」

「그리고 사람 고기를 먹은 뒤에는 소화를 위해 사과 브랜디를 가볍게 한잔하는 게 좋아요. 그러면 배가 더 부룩해지는 것을 피할 수 있죠. 사람 고기의 또 다른 문제는 말이죠 (배를 문지르며) 먹고 나면 배에 가스가 찬다는 거예요.」

라울은 애원하듯 그녀를 만류한다.

「사만타! 이제 그만해요!」

라울은 환각에 사로잡힌 듯한 그녀의 표정에 변화가 없는 것을 보고 결국 그녀가 지칠 때까지 기다리기로 한다.
아닌 게 아니라 사만타는 마침내 피곤한 기색을 보이며 숨을 몰아쉰다.

「따로 남겨 놓은 게 있는데 누가 더 먹을 테야? 사람 고기는 명절 음식으로는 그만이야!」

「저들의 몸집으로 볼 때, 우리는 군것질거리밖에 안 될걸요.」

사만타는 얼어붙은 듯 꼼짝 않고 있다. 자식들에게 음식을 먹이는 어미 같던 그녀의 미소가 공포에 찬 일그러짐으로 변한다.
라울은 다시 사다리로 올라가서 소리친다.

「어이, 이봐요! 문 열어요! 당신들에게 할 말이 있어요.」

사만타는 여전히 움직이지 않고 있다.

「라울, 저들이 왜 이러는지 알겠어. 우리가 개구리를 먹었기 때문에 복수하려는 거야. 생각해 봐. 우린 둘 다 프랑스 사람이야. 개구리를 먹는 건 프랑스 사람들밖에 없어.」

그녀는 힘없이 털썩 주저앉는다.

「젠장! 사만타, 정신 차려요! 아니, 지금 얼마나 엄청난 일이 벌어지고 있는지 모르고 있단 말이에요? 아직도 깨닫지 못한 거예요? 이런 기회를 맞고 싶어 하는 사람들이 얼마나 많은지 생각해 봐요. 이건 이제껏 나온 모든 공상 과학 영화를 합친 것보다 더 대단한 거예요. 이건 〈실, 제, 상, 황〉이라고요. 그들이 저기, 우리 위에 있어요. 저들은 유사 이래로 인류가 만날 수 있었던 최초의 외계인들이에요. 비록 눈길이 언뜻 스친 것뿐이지만, 우리는 그들을 보았어요.」

「저들은 흉측해.」

「우리는 저들과 눈이 마주쳤어요.」

「저들이 무서워. 집으로 돌아가고 싶어.」

「연설을 준비해야겠어요……. 〈친애하는 외계인 여러분…….〉 아냐, 이건 너무 의례적이야. 더 간단하고 직선적이어야 해. (천장을 향해서) **우리는 인간**…….」

「그건 저들도 벌써 알고 있을걸.」

「당신들은 친구. 나는 지구를 대표하는 대사.」

그는 반응을 기다린다. 아무 기척이 없다.

「당신들, 〈친구〉라는 말 알아요?」

사만타와 라울의 눈과 귀가 온통 천장으로 쏠린다. 여전히 아무 반응이 없다.

「그만둬, 라울. 그들에게 말을 거느니 굴들에게 입을 벌리라고 하는 게 낫지.」

라울은 드레진 어조로 다시 대화를 시도한다.

「평화. 우리 두 종족 사이의 평화. 내가 바라는 건 문화와 과학 기술의 교류를 위한 조약을 맺는 것입니다.」

「아니, 저 남자가 지금 지구를 배신하려고 하잖아! 저들은 우리의 적이야!」

라울은 조금도 동요되지 않는다.

「**나는 교섭할 준비가 되어 있소. 우리에겐 보물과 아주 아름답고 정교하고 만들기 어려운 물건들이 많소.**」

「그들에게 당장 제시할 거나 있어? 당신 볼펜을 내놓으려고?」

「**우리는 우주를 나누어 가질 수 있소. 반은 당신들 것이고 반은 우리들 것이오.**」

「저들이 우리와 거래할 까닭이 없어. 실험실의 생쥐들이나 양식 개구리들을 가지고 저들과 교섭하겠다는 거야?」

그는 사만타 쪽으로 몸을 돌린다.

「그럼, 저들이 왜 우리를 이렇게 살려 두는 걸까요?」

「우리를 학대하면서 울분을 풀겠다는 거겠지. 인간에

게 학살당한 자기네 형제들의 원수를 갚으려는 것일 거야. 기억 안 나? 중학교 생물 시간에 우리는 선생님의 지도에 따라 개구리 넓적다리에서 신경을 들어내고 거기에 전기 충격을 주어 다리가 움직이게 하는 실험을 했어. 살아 있는 개구리를 가지고 하는 실험이었지. 이제 저들은 자기네 자식들을 교육시키기 위해 우리 다리에서 신경을 들어낼 거야.」

라울은 그녀의 말을 들은 체 만 체 한다.

「저들이 왜 대답을 안 하지?」

「애쓸 것 없어, 라울. 저들은 우리를 매우 열등한 종으로 여기고 있는 게 분명해. 이봐요, 그 위에 계신 분들! 우리는 뛰어난 지능을 가진 동물이에요. $E=mc^2$! 설마 그런 것을 알려 주는 동물을 잡아먹진 않겠지요? (라울을 돌아보며) $E=mc^2$이 맞지?」

「저들에게 그런 공식은 선사 시대의 것에 속할걸요.」

「저들이 모르고 있는 게 틀림없이 있을 거야. (사다리의 발치로 옮겨 가며) 당신들, 마요네즈 만드는 법 알아요? 그건 지구인들의 특성을 잘 보여 주는 음식이죠. 당신들, 껌 자국을 어떻게 없애는지 알아요? 당신들이 그걸 알 리가 없지. 얼음 조각을 이용하면 돼요. 그럼 머랭을 입힌 레몬 파이 만드는 법은 알아요?」

사만타는 라울의 호주머니에서 휴대 전화를 꺼낸다.

「그리고 이거, 이건 멀리 떨어져서 말을 주고받을 수 있게 해주는 기계예요. 선도 필요 없고 소리를 크게 지를 필요도 없어요. 게다가 아주 재미있는 소리를 내죠. 당신네 나라에 이런 거 있어요?」

사만타는 휴대 전화가 제공하는 벨 소리들을 차례차례 들려준다. 아무 반응이 없다.

「라울, 저들은 이걸 모를 거야, 안 그래? 알 리가 없지. (다시 천장을 향해) 이봐요! 우리는 인간이에요. 여느 동물이 아니라고요!」

「왜 대답이 없지? 만일 내가 입으로 소리를 내는 작은 외계인들을 만난다면, 그들에게 관심을 가질 텐데 말이야.」

사만타와 라울은 잠시 생각에 잠긴다.

「혹시 저들이 우리를 채집하고 있는 게 아닐까? 나는 어릴 때 나비를 수집했어. 나비들을 유리병에 가두어 두었다가 나중에는 핀에 꽂아 놓았지.」

사만타는 다시 무너지듯 바닥에 주저앉는다. 라울은 그녀를 안심시키려고 한다.

「저들은 우리에게 그런 짓을 하지 않을 거예요. 내가 보기에는 평화를 애호하는 자들이 아닌가 싶어요. 외계인들 중에는 악한 자들도 있지만 선한 자들도 있을 거예요.」

「선하냐 악하냐를 따지는 게 아냐! 사람이 착해도 개구리 넓적다리를 먹을 수 있고 나비 채집을 할 수 있어. 그저 아무 생각 없이 그럴 수 있는 거라고……」

사만타는 고개를 푹 숙인다.

「당신 말대로 저들이 우리를 채집하는 거라면, 저들은 우주 생물의 온갖 종들을 암수 쌍쌍으로 채집하여 견본들을 보관하고 있을지도 몰라요. 나는 인간의 수컷이고 당신은 인간의 암컷이에요. 무슨 말인지 알겠어요? 이건 노아의 방주와 조금 비슷한 것일 수도 있어요. 규모가 훨씬 큰 방주, 우주적인 차원의 방주죠. 저들이 우리를 납치해서 여기에 가둔 것은 우리를 보존하기 위한 것일 수도 있어요.」

「파리 식물원에 있는 진화 전시관 가봤지? 저들은 거기에 전시된 동물들처럼 우리를 박제로 만들어 〈지구인의 암수 한 쌍〉이라는 팻말을 붙일 거야.」

「그럴 생각이면 우리를 벌써 죽였을 겁니다. 우린 살아 있어요. 저들은 우리에게 먹을 것도 주고 이런 물건들도 내려 보내고 있어요. 이것은 저들이 우리에게 선의를 가지고 있다는 증거예요.」

「결국에는 우리를 죽이고 말 거야.」

「내가 보기에 저들은 우리를 계속 먹여 주고 놀이 기구도 계속 내려 보낼 거예요. 당신이 임신을 할 때까지 말이에요.」

그 말에 사만타는 눈을 휘둥그렇게 뜬다.

「우린 망했어, 라울.」

「천만에요! 우리에게 문제가 있다면, 함께 지내는 것을 서로 견디지 못하고 있다는 것뿐이에요. 이곳을 뭐라고 불러야 할지 모르겠지만 이 감옥 같은 공간에서 서로 부대끼며 사는 것을 싫어한다는 것이죠.」

「이건 사람 우리 아냐?」

「당신이 원한다면, 그렇게 부르기로 하죠. 이름이야 어찌 되었든, 잠깐만…… 사람 우리? 외계인들이 지구에다 사람 우리를 설치한다는 건 말이 안 되는데……. 굳이 그럴 필요가 있을까? 아, 날짜! 제기랄! 1주일이 어디로 사라졌나 했더니, 이제야 알겠어! 저 외계인들은 지구에 있는 게 아냐. 우리가 그들 행성에 와 있는 거라고!」

「나는 좀 쉬어야겠어. 갑자기 피로가 몰려와. 그만해, 너무 피곤해서…….」

「태양계에는 생명체가 존재할 수 있는 행성이 지구밖에 없어요. 따라서 우리는 태양계를 벗어나 있는 게 틀림없어요.」

「그럼 지구로부터 아주 멀리 온 거야?」

「태양계에서 가장 가까운 별은 켄타우로스자리 알파별 중의 하나인 프록시마 켄타우리입니다. 가장 가깝다고는 하지만, 지구에서 무려…… 4.22광년이나 떨어져 있죠.」

「그게 킬로미터로는 얼마나 되는 거야? 나는 킬로미터로 말하지 않으면 도무지 가늠 못하겠어.」

「1광년이 약 9조 4천6백억 킬로미터니까 한 40조 킬로미터쯤 되겠군요.」

「세상에! 나는 프랑스조차 벗어나 본 적이 없는 사람인데.」

「우리는 일찍이 어느 지구인도 경험하지 못한 아주 기나긴 여행을 한 거예요. 우리 이전에는 아무도 달보다 더 먼 곳으로 가본 적이 없으니까요.」

「누가 이런 여행 시켜 달라고 했나? 나는 여기가 마음에 들지 않아.」

「잠시 불평을 거두고 이렇게 한번 생각해 봐요. 우리는 공기를 호흡하고 있어요. 그러니까 여기에도 대기가 있다는 얘기죠. 우리는 먹기도 하고 마시기도 해요. 또 우리는 바닥에 붙어 있어요. 다시 말해서 지구에서와 마찬가지로 중력이 작용하고 있다는 거죠.」

그는 제자리에서 한번 펄쩍 뛰어 보더니, 점점 더 높이 뛰어오른다.

「게다가 중력의 크기도 지구와 거의 차이가 없어요.」

「그런데 하필이면 왜 나를 납치했을까?」

「모르겠어요……. 아마 여신과도 같은 당신의 외모 때문이 아닐까요?」

「나보다 훨씬 더 나은 여자들이 얼마나 많은데. 여배

우며 모델도 쌔고 쌨고, 스타들도 많잖아?」

「그럼 혹시 저들에게는 서커스가 없기 때문이 아닐까요? 서커스를 처음 보고 깊은 인상을 받았을 수도 있어요. 아니면 당신이 호랑이 우리 안에 있는 것을 보고, 다른 우리 안에 갇혀도 편안하게 지낼 거라고 생각했는지도 모르죠.」

「그렇다면 당신은 왜 데려왔지? 당신은 동물 우리 안에 들어가서 일하는 사람이 아니야. 게다가 당신은 별로 잘생기지도 않았잖아?」

「저들은 아마도 나의 지능에 흥미를 느꼈을 겁니다. 그러고 보면 우리는 서로 모자라는 부분을 보충하는 관계에 있군요. 나에겐 지적인 능력이 있고 당신에게는 미모가 있어요.」

「(천장을 향해) 당신들, 정말 나를 바보로 생각하고 있어요?」

「저들은 아마 우리가 생각하는 것보다 우리를 더 잘 알고 있을 겁니다.」

사만타와 라울은 다시 사다리 쪽으로 간다.

「라울, 우리 도망쳐야 해!」

「우리는 아직 만족할 만한 교류를 하지 못했어요. 도망치기에는 아직 때가 너무 일러요.」

「종이에 불을 지르는 게 어때? 라이터나 성냥 가진 거 있어? 당신 안경 좀 줘. 위쪽의 불빛이 너무 강해.」

「두 번 다시 오지 않을 이 기회를 놓치고 싶어요? 이 기회를 놓치면 평생 후회하게 될지도 몰라요.」

「종이를 불살라서 천장의 금속판을 녹이는 거야. 그런 다음 잽싸게 도망치는 거지.」

「그렇게 해서 밖으로 나간다고 쳐요……. 공기가 호흡에 적합하고 중력이 지구와 똑같다고 해도, 실험실에서 도망친 한 쌍의 햄스터가 갖가지 어려움을 이기고 살아 나갈 수 있을 거라고 생각해요?」

라울은 고양이 흉내를 낸다.

「야옹…… 햄스터들은 거리를 쏘다니는 도둑고양이들의 밥이 되고 말걸요. 외계의 고양이들이 얼마나 클지는 당신 상상에 맡길게요.」

「빨리 달리면 빠져나갈 수 있을 거야.」

「어디로 갈 건데요?」

「공항으로 가야지.」

라울은 실소를 터뜨린다. 하지만 사만타는 진지하다.

「우리는 로켓을 타고 여기에 왔을 테니까, 로켓을 타고 돌아가야지. 라울, 내 말대로 해. 우리는 1주일 후면 집으로 돌아가게 될 거야.」

「우주선의 조종간을 우리가 잡을 수 있어야 하고, 그 우주선의 조종법도 알아야 하지 않겠어요? 또 별이 총총한 하늘에서 우리의 태양을 알아볼 수 있겠어요?」

「어릴 때 할아버지가 큰곰자리를 식별할 수 있도록 가르쳐 주셨어. 그게 도움이 되지 않을까?」

「그럴 것 같지 않은데요.」

「하느님께서 우릴 도와주실 거야.」

「내 생각에 하느님은 지구에서 생겨나는 문제들이 너무 많아서 당신의 관할권에서 조금 멀어져 있는 우리 두 사람을 돌보시기가 어려울 거예요.」

「그럼 우린 망한 거네.」

그때 갑자기 천장의 뚜껑 문이 열린다. 빛줄기가 다시 비쳐든다.
라울은 사다리를 타고 올라간다. 거뭇한 그림자가 빛을 가로막는다. 한 외계인이 그들을 관찰하고 있다는 증거다.

「나, 친구. 당신들 나라에서 지구를 대표하는 대사 노릇을 하고 싶소.」

그림자가 사라진다. 빛이 돌아왔다가 다시 그림자에게 자리를 내준다.
사만타도 사다리로 올라선다.

「저건 다른 눈이야! 아까보다 더 작은 눈이 우리를 보고 있어. 저들은 둘이야.」

「평화. 우리 두 종족 사이의 평화. 에…… 이렇게 초대해 줘서 고맙소.」

그림자가 다시 사라진다. 외계인들이 관찰하기를 중단한 것이다. 뚜껑 문이 요란한 소리를 내며 닫힌다.

「저들이 우리를 얼마나 빤히 내려다보는지 봤지?」

「마치 우리가 서로 싸우다가 어디 다치지는 않았는지 살피는 눈치였어요.」

「아하, 알았다! 뭐가 어떻게 돌아가는지 이제 알겠어. 우리는 저들의…… 식당에 있는 거야. 지구의 식당에서 볼 수 있는 그 바닷가재들처럼 말이야. 방금 저 위에서 우리를 살핀 것은 자기들이 먹을 것을 고르고 있던 손님들이었을 거야. 틀림없어!」

「정신 나간 소리 좀 작작 해요.」

「우리는 고급 식당의 어항에 갇혀 있는 바닷가재 신세야. 두고 봐! 우리 둘 중에서 곧 한 사람이 선택되어 산 채로 끓는 물에 던져질 테니까. 바로 그거야. 저들은 지구에서 우리를 잡아다가 외계 식당의 손님들을 위해 이렇게 진열해 놓고 있는 거라고.」

라울은 어처구니가 없다는 표정을 짓는다.

「먹는 거하고 무슨 원수졌어요? 먹는 것에 대해서 강박 관념을 갖고 있는 사람 같아요.」

「저들은 우리를 끓는 물에서 건져 낸 다음 세로 방향으로 두 쪽을 내고 소스를 잔뜩 바를 거야. 눈에 레몬 즙도 약간 뿌릴 거고…….」

「그만해요.」

「난 뜨거운 물은 질색이야! (눈물을 글썽이며) 샤워도 거의 찬물로 하는 사람이란 말이야.」

천장에서 무슨 소리가 들려온다. 조금 전과는 사뭇 다른 소리다. 사만타는 라울에게 바싹 기대어 몸을 웅크린다.

짙은 어둠이 그들을 휘감는다. 기계들의 윙윙거리는 소리가 들리더니, 방의 안쪽 벽이 텔레비전 화면으로 변하면서 영상이 나타난다.

〈시청자 여러분, 안녕하십니까? 어쩌면 이것이 세상의 마지막 텔레비전 뉴스가 될지도 모르겠습니다. 인도와 파키스탄 사이의 긴장이 한층 더 고조되었습니다.〉

두 나라 최고 사령관의 사진.

〈파키스탄의 최고 사령관은 지구 전체를 파괴할 수 있는 핵폭탄을 보유하고 있다고 밝히면서 만일 인도가 카슈미르에 대한 파키스탄의 요구에 굴복하지 않으면 핵폭탄을 사용하겠다고 협박하고 있습니다.〉

원자 폭탄의 폭발 광경을 보여 주는 다큐멘터리 영상.

「아니, 사만타, 저 사람 뉴스 전문 채널의 리샤르 자크맹 아니에요? 그리고 화면 아래를 봐요. 사흘 전의 뉴스예요.」

〈파키스탄의 최고 사령관은 자신의 명예를 걸고 인도

를 굴복시키고야 말겠다는 의지를 불태우고 있습니다. 게다가 파키스탄의 독재자 지아 울 아자크는…….〉

자료 화면. 지아 울 아자크가 군중을 상대로 열변을 토한다. 군중은 그에게 박수갈채를 보내고 박자에 맞춰 호전적인 구호를 외쳐 댄다.

〈……잘 알려진 바대로, 암이 온몸으로 퍼져 시한부 인생을 살고 있습니다. 그는 자신의 명분을 위해 인류 전체를 희생시킬 각오가 되어 있다고 공언합니다. 그가 최후통첩에서 못 박은 기한은 10분 후면 만료됩니다. 인류가 지구상에서 완전히 멸망할지도 모르는 순간이 다가오고 있는 것입니다.〉

자료 화면. 구호들이 점점 더 격렬해진다.

〈하지만 그런 일이 정말로 일어나리라고 믿는 사람은 아무도 없습니다. 유엔 사무총장은…….〉

자료 화면. 민간인 복장을 한 남자가 말을 하고 있다. 어조가 부드럽다. 유엔의 대표자들이 정중하게 박수를 보낸다.

〈……파키스탄의 독재자를 다시 이성의 길로 되돌아오게 할 수 있다고 단언합니다. 하지만 자신의 벙커에 틀어박혀 있는 이 독재자는…….〉

벙커 사진.

〈이제 어떤 접견도 허용하려고 하지 않습니다. 이런 상황에서 세계 금융 시장에 불안이 고조되고 있습니다. 다우존스 지수는 이미 폭락…….〉

월 스트리트 증권 거래소의 영상. 주식 중개인들이 일제히 팔자 주문을 내는 모습이 화면에 펼쳐진다.
바로 그 순간 새로운 영상이 나타난다. 이해할 수 없는 외계의 기호들이 아래쪽에 자막으로 들어가 있다.
지구가 폭발하는 광경이 느린 동작 화면으로 전개된다. 대륙의 파편들이 천천히 우주 공간으로 흩어진다. 건물의 벽들과 자동차들, 망연자실한 사람들이 별들 사이의 허공에서 떠돈다. 라울과 사만타는 온몸이 마비된 것처럼 미동도 하지 않는다. 사만타가 갑자기 웃음을 터뜨리며 말문을 연다.

「이건 장난이야!」

라울은 수심에 가득 찬 표정으로 입을 꾹 다물고 있다.

「어쨌거나 이건 있을 수 없는 일이야.」

라울은 여전히 아무 대꾸가 없다.

「어이, 라울, 정신 차려! 설마 저런 이야기를 고지식하게 믿는 건 아니겠지? 저건 특수 효과야. 우리에게 무언가를 믿게 하려고 플라스틱으로 된 공을 폭파시킨 것뿐이라고. 우리 기를 죽여서 우리를 완전히 굴복시키겠다는 거지.」

라울은 계속해서 생각에 잠긴 채로 있다가 마침내 입을 뗀다.

「사만타, 만일 저게 진짜 일어난 일이라면?」

「저들의 함정에 빠지려는 건 아니겠지? 당신은 과학자야! 어느 나라 사람이라고 했는지 기억도 안 나지만, 그 재채기할 때 나는 소리 같은 이름을 가진 독재자가 정말로 그런 엄청난 짓을 했을 거라고 생각해? 과학자라는 사람이 설마 그따위 이야기를 믿지는 않겠지?」

「그 엄청난 짓이 뭔데요?」

「나도 몰라. 하지만, 우리가 본 건 가짜야!」

라울은 냉정을 되찾는다.

「어쨌거나 그건······.」

「도저히 있을 수 없는 일이지.」

「그렇다면······.」

「아냐, 분명히 아니라니깐.」

사만타와 라울은 한참 서로 바라본다. 그러다가 한목소리로 말한다.

「빌어먹을! 그들이 일을 저질렀어!」

라울은 애써 목소리를 가라앉힌다.

「그래요, 그래요, 우리 흥분하지 말자고요. 흥분하지

마요.」

「아이고, 몽둥이로 한 대 얻어맞은 것처럼 갑자기 기운이 쪽 빠지네. 무슨 하루가 이렇게 고단하담! 당신은 지금 어떤지 모르지만, 난 피곤해. 그만하자고, 정말 피곤해……. 아유.」

사만타는 바닥에 눈길을 둔 채 원을 그리며 걷다가 한쪽 구석에 가서 앉는다.

「공황에 빠지면 안 돼요. 이왕 이렇게 된 마당에, 난리를 떨어서 무엇하겠어요? 우리는 이른바…… 〈외계인들〉을 만난 거고, 그들은 친절하게도 아주 중요한 정보를 우리에게 알려 주었어요. 정말 아주 친절하죠? 우리가 태어난 행성인 지구가 산산조각이 나서 더 이상 존재하지 않는다는 것을 알려 주었으니 말이에요. 그래요, 그뿐이에요.」

「그래, 그뿐이야.」

「그건 있을 수 있는 일이에요. 이 세상에서는 무슨 일이든 일어날 수 있어요. 오늘날에는 더더욱 그러해요. 극

명한 대비의 시대, 뜻밖의 일들이 넘쳐 나는 시대 아닌가요? 그러니까 스트레스 받지 마요. 사태를 부풀려서 생각하지도 말고 너무 비관적으로 받아들이지도 마요.」

「그래도 눈앞이 캄캄한걸…….」

라울은 불안과 공포 때문에 실성할 것만 같은 자신을 간신히 다스리고 있다. 마음을 편하게 먹으려고 애쓰지만 아무 소용이 없다.

「어떠한 일이 있어도 이성을 잃으면 안 돼요. 정신을 똑바로 차리고 이 상황을 꿋꿋하게 타개해 나갑시다. 자아, 심호흡을 해봐요. 사람들은 자신의 불운을 지레 받아들이고 쉽게 동정에 빠지는 버릇이 있죠. 예전에 내 열쇠 꾸러미를 잃어버렸던 일이 생각나요……. 그때 내가 얼마나 당황했는지 당신은 모를 겁니다. 극심한 불안 상태에 빠져 버렸죠. 고작 열쇠 꾸러미 때문에 말이에요. 나는 지레 나쁜 일들을 상상했고, 내가 밖에서 잠을 자게 될 거라고 생각했죠. 그런데, 알고 보니 열쇠 꾸러미는 내 재킷의 안감 속에 들어 있었어요. 재킷 호주머니에 구멍이 났던 거예요. 그저 작은 구멍 하나 때문에 내 마음이 지옥을 경험했던 거죠. 상상이 가요?」

그는 숨소리를 크게 내며 심호흡을 한다.
사만타는 울음을 터뜨린다.

「라울, 우린 끝장이야! 이제 프랑스도 없고 유럽과 다른 대륙들도 없어. 인간도 동물도 식물도 대양도 없어. 아무것도 없어. 흑흑. 모든 게 날아가고 산산이 흩어져 버렸어.」

사만타는 울고 신음하며 몹시 괴로워한다. 그러더니 그녀의 오열이 갑자기 웃음으로 바뀐다. 그녀의 웃음은 점점 더 실성한 사람의 웃음을 닮아 간다.
라울이 불안해하며 묻는다.

「괜찮아요?」

사만타는 웃음을 뚝 그친다. 꼭 술 취한 사람 같다.

「사만타, 괜찮아요?」

사만타는 탈진하여 아무 대꾸도 하지 않는다. 라울이 흔들어 대는데도 전혀 움직이지 않는다. 라울은 그녀의 뺨을 가볍게 톡톡 때린다. 역시 반응이 없다. 그는 잠시 망설이다가 이번에는 아주 세게 뺨을 때린다. 그러자 마침내 그녀가 눈을 깜박인다.

「이봐, 라울. 이제 지구가 없다면 인간은 우리 둘뿐이야. 우리가 인류의 마지막 생존자야. 우리 두 사람이 마지막으로 남았다고……. 내 어깨가 무겁다는 생각이 들어. 아주 거대한 짐을 지고 있는 느낌이야.」

라울이 그녀의 어깨를 주무르면서 말을 받는다.

「인류의 모험이라는 대하드라마에 마침표를 찍는 일이 우리가 할 일입니다. 우리가 함께하는 지금이 시간이 인류 역사의 마지막 에피소드인 셈이죠.」

사만타의 눈빛에 아연 생기가 돌아온다.

「마지막 에피소드일 수도 있고, 이어지는 대하드라마의 첫 번째 이야기가 될 수도 있어……. 그 경우에는 우리가 새로운 아담과 하와처럼 되는 거지.」

「아담과 하와는 낙원에 있었어요. 우리는 유리 감옥에 갇혀 있고요.」

그녀가 결연한 태도로 일어선다.

「내 말 잘 들어, 라울. 생명이 있는 한 희망은 있는 거야. 우리가 함께하면 인류가 망쳐 놓은 것을 모두 복구할 수 있어.」

「할 수는 있다 해도 그럴 마음이 없으면 못하는 거죠.」

「마음이 없어도 해야 할 의무가 있어.」

「의무라고요? 뭐가 의무라는 거죠? 우주에 불행을 존속시키는 게 의무인가요?」

「인류의 작은 불씨를 살려 나갈 의무가 있어.」

「미안해요. 나 없이 당신 혼자 잘해 봐요.」

「인류의 모험을 여기서 멈추게 할 셈이야?」

「그럼요. 그 점에 대해서는 일말의 주저도 없어요.」

「그러면 당신은 범죄자가 되는 거야!」

「누가 나를 심판하죠?」

사만타는 도전적인 말투로 맞받는다.

「내가 한다, 왜!」

「당신이 무슨 권리로 날 심판하죠?」

「나에겐 내 종족을 보존할 권리가 있어.」

「그렇다면, 나에겐 내 종족을 비난할 권리가 있어요. 논거는 충분해요. 아주 명백한 논거들이죠.」

「나 역시 마찬가지야.」

「내 논거들이 더 설득력 있을걸요.」

「글쎄, 그럴까?」

그들은 서로 노려본다.

「좋아요, 발디니 양. 정히 그렇다면 우리, 정식으로 인류에 대한 재판을 열기로 합시다.」

「재판! 한심한 친구 같으니, 사람이라곤 우리 둘밖에 없는데 무슨 재판이야? 재판을 열려면 사람들이 많아야 해.」

「우리 둘이서 역할을 분담하는 겁니다. 당신이 변호사를 맡아요. 내가 판사와 검사를 맡을 테니.」

「그럼 증인 역할은 누가 하지?」

「우리가요.」

「배심원은?」

「그것도 우리가 하죠.」

「그럼 평결은 어떤 식으로 나게 되지?」

「인간의 생존이냐 멸종이냐가 결정되는 거죠.」

「단호하군……」

「공판을 진행한 결과, 인류가 유죄라는 판결이 나오면 우리는 계속 각자 자기 공간에서 따로 자게 됩니다. 그러다가 우리가 죽으면 우주에는 더 이상 인간이 존재하지 않게 되는 것이죠. 거꾸로 만일 인류가 구원될 자격이 있는 것으로 판결이 나면, 우리는 사랑의 행위를 함으로써 인간의 새로운 세대를 낳게 될 것입니다.」

「하지만 나는 재판에 대해서 전혀 아는 것이 없어. 딱 한 번 법원에 출두한 적은 있지만, 과속 때문에 즉결 심판을 받은 거라서 재판이라고 할 것도 없이 금방 끝났지.」

「그런대로 격식을 갖춘 공판이 이루어지도록 내가 간간이 필요한 사항을 일러 줄게요.」

라울은 안쪽으로 가더니, 마치 거기에 문이라도 있는 양 법정에 들어서는 시늉을 한다. 그러고는 방 한복판으로 가서 유리 벽을 등지고 선다. 그런 다음 구두 뒤축으로 바닥을 세 번 두드리며 재판관의 출정을 알린다.

「조용히 해주십시오. 곧 재판이 시작되겠습니다. 재판관이 출정하십니다.」

「잠깐, 나는 아직 준비가 덜 됐어.」

사만타는 옷매무새를 고치고 머리를 매만진다. 그런 다음 가상의 문을 밀어젖히며 군대식 걸음걸이로 들어온다.
라울은 그녀의 자리를 알려 준다. 그들은 저마다 법복의 널따란 소매를 펄럭이며 종이와 펜을 정돈하는 시늉을 한다.

「검사 측, 모두 진술을 시작하십시오.」

라울은 검사의 자리에 선다.

「감사합니다, 재판장님. 제가 검사로서 인류를 기소하여 법의 심판을 받게 하려는 까닭은 인류가 스스로를 상대로 사전 모의에 의한 고의적인 살인을 자행했기 때문입니다. 저는 그 죄에 대한 형벌로서 마지막으로 생존해 있는 인간들의 생식을 금지할 것을 요구합니다. 인류는 이 우주에서 완전히 사라져야 하리라고 봅니다.」

라울은 다시 판사의 자리로 돌아가서 말을 받는다.

「감사합니다. 검사의 공소 사실에 대해 변호인은 무엇을 주장하시겠습니까?」

「저는 에…… 라울, 뭐라고 말해야 하는 거지?」

라울은 그녀 쪽으로 몸을 기울이며 속삭인다.

「무죄를 주장한다고 하세요.」

「그래, 맞다. 저는 피고의 무죄를 주장합니다.」

라울은 다시 검사의 역할을 맡는다.

「저는 지구의 종말을 애통하게 생각합니다. 지구가 그렇게 파괴된 것은 인류가 사소한 분쟁을 타개할 줄 몰랐기 때문입니다.」

「두 국가 간의 단순한 분쟁 때문에 모든 인류를 죄인으로 몰아서는 안 됩니다.」

「그 두 나라가 특별히 문제가 있어서 분쟁이 일어났던 것은 아닙니다. 그런 분쟁은 다른 나라들 사이에서도 얼마든지 일어날 수 있었습니다. 인간은 유사 이래로 전쟁을 중단해 본 적이 없습니다. 인류에겐 언제나 침략하고 정복하고 약탈하고 죽이고 강제로 개종시키려는 욕구가 있었습니다.」

「모두가 그런 것은 아닙니다. 침략자들에 맞서 인류를 정의와 평화의 길로 이끈 선한 사람들은 언제나 있었습니다.」

「검찰 측 증인의 증언을 듣고자 합니다. 역사학자, 아니 아마추어 역사 연구가인 라울 멜리에스 씨를 증언대에 세우겠습니다.」

라울은 문을 열고 법정에 들어오는 시늉을 하더니, 유리 벽 앞으로 가서 오른손을 들어 올린다.

「선서합니다. 저는 진실을, 오로지 진실만을, 그리고 모든 진실을 말하겠습니다.」

그는 안경을 벗더니, 늙은 역사학자 흉내를 내느라고 안경의 한쪽 다리를 입아귀에 문 채 현학적인 말투로 말한다.

「인류의 역사는 폭력적인 침략으로 점철되어 있습니다. 예컨대, 인도·유럽어를 사용하는 민족들은 철기 제조 기술과 계급 제도와 말을 전쟁에 이용하는 법을 일찍이 알았기 때문에 5천 년 동안이나 이웃 민족들을 정복하고 자기들의 호전적인 가치와 전쟁 영웅들에 대한 숭배를 강요했습니다.」

「이의 있습니다! 그러는 동안 일부 민족들은 다른 가치들을 지켜 냈습니다.」

「그 말도 일리가 있습니다. 사실, 같은 시기에 페니키아인들과 히브리인들과 카르타고인들은 무역을 발전시키고 상관을 열고 비단과 차와 향신료의 무역로를 개척했습니다. 그들은 강력한 무기를 보유하고 있지 않았고, 군사적 침략 대신 민족 간의 동맹과 교류를 제안했습니다. 또 그들은 항해를 더 잘하기 위해 나침반과 지도와 돛을 발명했습니다. 하지만, 그들은 결국 어떻게 되었습니까? 카르타고는 로마인들의 공격에 파괴되었고 페니키아인들은 학살당했으며 히브리인들은 줄곧 박해받았습니다.」

「그래도 그들의 생각은 살아남았죠.」

「지구의 소멸은 대결이 협력보다 강했다는 것을 분명히 보여 주고 있습니다. 호전적인 충동은 언제나 사랑의 욕구보다 우세했습니다. 인간은 늘 서로 경쟁하고 대립합니다. 그것이 인간의 진정한 천성이기 때문입니다. 제가 증인으로서 내리는 결론은 다음과 같은 라틴어 경구로 요약됩니다……. 호모 호미니 루푸스, 즉 인간은 인간에 대하여 늑대입니다.」

「증언에 감사드립니다, 멜리에스 씨. (라울은 다시 판사의 자리로 돌아간다.) 변호인, 반대 신문하십시오.」

「증인은 우리 인간에게 다른 많은 능력이 있다는 점을 잊고 있는 척하고 있습니다. 우리는 병자를 돌볼 줄 알고 약자와 비취업자와 노인들을 보호할 능력이 있습니다.」

「우리는 젊음을 찬양하고 권력을 예찬합니다. 또 무력과 전사들을 숭배하지요. 우리가 보기에 약하거나 다르거나 이상한 것들은 점차 제거됩니다.」

「우리에겐 학교와 병원이 있고 양로원과 고아원이 있어요. 우리가 서로 연대하고 있음을 보여 주는 장소들이지요. 우리는 선량하고 관대한 존재들입니다.」

라울은 증인에서 검사로 입장을 바꾸며 소리친다.

「그런 건 하찮은 것들입니다!」

그는 판사의 자리로 돌아가 발로 바닥을 친다.

「방청객들은 조용히 해주십시오. 그러지 않으면 모두 퇴장시키겠습니다. 그리고 검사는 말씀을 절제해 주시기 바랍니다. 변호인은 신문을 계속하시겠습니까? 더 신문할 것이 없으면 증인을 내보내겠습니다.」

「증인에게는 더 신문할 것이 없습니다. 하지만 저 자신이 증인이 되어 검사와 재판장님께 말씀드릴 것이 있습니다.」

라울은 검사의 자리로 돌아가고, 사만타는 그의 맞은편에 자리 잡고 앉는다.

「에…… 존경하는 재판장님, 검사님, 변호사님, 아참, 내가 바로 변호사지! 그리고 (유리 벽 쪽을 돌아보며) 이 재판을 지켜보고 계실지도 모를 방청객 여러분! 선서합니다. 저는 틀림없는 진실을 말할 것이고, 그 밖에 제가 하고 싶은 이야기도 다 하겠습니다. 하늘에 대고 맹세합니다.」

사만타는 천장을 한 번 슬쩍 올려다보고 격한 어조로 말을 잇는다.

「제가 말씀드리고 싶은 것은 우리 인간이 우주에서 가장 아름다운 생명이라는 것입니다.」

「정말 그렇게 생각하세요?」

「그럼요. 인간은 다른 동물들과 다릅니다. 하느님의 걸작입니다. 인간은 신성한 동물입니다.」

「신성하다고요? 신성한 동물이 그렇게 어리석은가요? 인간이 어떤 점에서 고래나 햄스터나 꿀벌이나 개구리보다 낫다고 보시죠?」

「우리는 뇌가 크죠. 모든 동물 중에서 가장 지능이 높습니다.」

「그래요, 우리의 대뇌 피질은 다른 동물들에 비해 주름이 많고 부피가 크죠. 하지만 그게 우리에게 무슨 도움이 되었나요? 우리는 공룡들보다 영리하지 못합니다. 그들은 적어도 멸종을 자초하지는 않았으니까요!」

「이의 있습니다! 지구가 파괴된 것은 하나의 사고입니다. 에…… 우리가 화면을 통해서 조금 전에 얻은 약간의 정보에 따르면, 그것은 단 한 사람의 책임입니다. 그는 독재자인 데다 병자였습니다. 그가 큰 잘못을 저지른 것입니다. 광우병에 걸린 소 한 마리 때문에 소 떼를 모두 죽음으로 몰아넣어야 합니까?」

라울은 목소리를 바꾸어 증인에서 다시 검사로 돌아간다.

「그렇다면, 그런 독재자를 권력의 정점에 올려놓은 시스템이 문제로군요. 그토록 형편없는 위인이 어떻게 원자 폭탄을 보유하고 있는 나라의 최고 지도자가 될 수 있었지요?」

「좋습니다, 인정합니다. 그자는 얼간이였습니다. 하지만 그 악당이 인류에게 사형을 내리는 버튼을 누르던 바로 그 순간에도 수백만의 선량한 사람들은 좋은 일을 하고 있었습니다.」

「그렇다면 저는 이렇게 묻고 싶습니다. 선량한 사람들이 그렇게 많은데, 인간들은 왜 그들을 놔두고 〈악당〉을 권좌에 앉힌 거죠?」

「그걸 제가 어떻게 알겠습니까? 하지만 추측하건대, 선량한 사람들은 좋은 일을 하느라 너무 바빠서 정치를 하겠다는 생각을 못했기 때문이 아닌가 싶습니다.」

「그건 억설이고 궤변입니다!」

「쉬운 말로 하면 어디가 덧납니까? 듣는 사람 수준을 생각해서 배운 티를 내는 말은 삼가 주시죠.」

「인간은 더러 착한 모습을 보이기도 합니다. 하지만 악한 것이 인간의 본질입니다. 가공할 일이지만 이것이 바로 진실입니다. 영국에서 여덟 살 난 아이 두 명이 살인을 저지른 일이 있었습니다. 자기들이 알지도 못하는 더 어린 사내아이를 때려죽인 것입니다. 그 사건, 기억하십니까?」

「네. 텔레비전에서 본 적이 있는 듯합니다.」

「경찰에서 조사받을 때, 그 아이들은 〈장난삼아 그랬어요!〉라고 말했습니다. 그 아이들은 여덟 살이었습니다. 겨우 여덟 살이었단 말입니다! 이쯤 되면 인도·유럽어를 사용하는 민족들의 호전적인 문명이나 페니키아의 문명을 논하는 것도 더 이상 의미가 없습니다. 여덟 살 난 아이의 머릿속에 무엇이 들어 있기에 그토록 잔인한 행동을 할 수 있는 것일까요? 저는 그 사건을 접했을 때 이런 생각을 했습니다. 만일 인간이 자신의 진정한 본성을 있는 그대로 표현하도록 내버려 둔다면, 이웃을 사랑하지 않는 사실과 모든 것을 파괴하고자 하는 욕구를 노골적으로 인정할지도 모른다고 말입니다. 경찰과 법원과 감옥은 인간이 지닌 죽음의 충동을 억누르도록 강요하는 수단입니다. 만일 그런 공권력에 대한 두려움이 없다면, 인간은 모두 살인자의 본성을 드러내고 말 것입니다.」

「인류는 마치 아이가 자라듯 성장해 가고 있었습니다.」

「그런데요?」

「인류는 인생의 청소년기에 해당하는 단계에 있었지요.」

「오토바이를 타고 폭주하는 젊은이들, 자동차를 부수고 술에 취해서 싸움질을 벌이는 젊은이들처럼 인류가 바보 같은 짓을 하고 있었다는 말이군요.」

「인류는 성인이 될 준비를 하고 있었습니다. 어른이 된다는 건 언제나 차츰차츰 이루어지는 일입니다. 그 과정에서 작은 실수들은 어쩔 수 없이 있기 마련이고요. 어린 시절에 슈퍼마켓에서 사탕 하나쯤 훔쳐 먹지 않은 사람이 누가 있겠습니까? 남의 집 초인종을 몰래 누르고 도망쳐 보지 않은 사람이 누가 있겠습니까? 또 밤에 친구들과 패거리를 지어 돌아다니다가 남의 스쿠터를 몰래 타보지 않은 사람이 누가 있겠습니까?」

「저요.」

「아유, 장하십니다. 어쨌거나 우리가 인류를 두고 비난할 수 있는 게 있다면, 그것은 아마도 성숙해지는 속도가 느렸다는 것일 뿐입니다. 하지만 거기에는 이유가 있었습니다. 인류는 불우한 환경에서 어려운 어린 시절을 보내고 나쁜 친구들과 어울린 청소년과 같습니다. 하지만 인류는 더 나아지려는 열의를 보였고 계속 진보하고 있었습니다. 모든 게 하루 만에 이루어지지는 않았습니다.」

「그래요, 하루가 아니라 이레 만에 이루어졌죠. 그리고 이제 우리는 여드레째 되는 날을 맞고 있습니다. 휴식의 날이 지나고 애도의 날이 찾아온 것입니다.」

사만타는 서류철을 들여다보는 시늉을 한다.

「저는 제가 원하는 증인을 모두 여기로 오게 할 수는 없었습니다. 하지만 재판장님, 저를 믿어 주십시오. 저 증언대에 서서 인간이 얼마나 훌륭한 존재인지 이야기할 수 있는 증인들은 저 말고도 무수히 많을 것입니다.」

라울은 사만타의 감정이 매우 고조되어 있음에 놀라 빈정거리는 듯하던 말투를 바꾸어 진지하게 되받는다.

「증인이 그토록 훌륭하게 생각하는 인류는 지구가 파괴되기 전에 이미 자신들을 먹여 살리던 그 행성을 심각하게 훼손했습니다. 인류는 은혜를 입고도 감사할 줄 몰랐지요. 증인은 인류를 불우한 어린 시절을 보낸 청소년에 비유했지만, 그런 점을 감안하더라도 인류의 비행은 너무나 심했습니다. 인류의 손에 의해 돌이킬 수 없이 훼손된 강들이 얼마나 많았습니까? 인류의 발길에 유린당한 야생 동물의 성역들이 얼마나 많았습니까? 흉하게 망가진 해변이며 능욕당한 숲들은 또 얼마나 많았습니까?」

「인류는 그 죄를 씻고 있던 중이었습니다. 훼손당한 숲에 나무들을 다시 심었지요.」

「인류는 고문을 발명한 유일한 동물이기도 합니다. 자기와 같은 종에 속하는 생명에게 고통을 주면서 기쁨을 느끼는 유일한 동물이죠. 다른 동물들도 살생을 하지만, 그건 자신을 방어하기 위한 것이거나 먹이를 얻기 위한 것입니다.」

「그 주장은 사실이 아닙니다. 저는 예전에 제 고양이가 도마뱀 한 마리를 잡아 한 시간 동안이나 괴롭히는 것을 본 적이 있습니다. 녀석은 도마뱀의 꼬리를 떼어 내고 다리를 하나씩 뽑았습니다. 그런 다음 고통에 겨워 버둥거리는 도마뱀의 몸뚱이에 느긋하게 발톱을 박고 있더군요. 결국 고양이는 도마뱀을 먹지도 않았습니다. 그 작은 생명은 죽도록 고통당하다가 버려지는 노리개였을 뿐입니다. 도마뱀이 죽자 고양이는 자랑이라도 하듯이 그 시체를 내 침대 위에 떡하니 올려놓았습니다.」

「그것은 내 진술을 뒷받침해 주는 사례일 뿐입니다. 인류는 위험할 뿐만 아니라 나쁜 것을 다른 동물들에게 전염시키기까지 합니다. 자기들 가까이에 사는 다른 종들을 타락시킨다는 것입니다.」

사만타의 표정에 타격을 받은 기색이 드러난다. 그녀는 갑자기 벌떡 일어나 라울을 손가락으로 가리킨다.

「하느님께서는 인류가 나쁜 길로 가고 있음을 아시고 인류에게 한 가지 능력을 더 주셨습니다.」

「그게 뭐죠?」

「의식입니다. 이 의식이 있기에 인간은 세 가지 특성을 지니게 되었습니다.」

「위선과 잔혹성과 악의 말인가요?」

「아뇨. 사랑과 웃음과 예술입니다.」

「헛된 것들이군요. 그런 것들은 아무짝에도 쓸모가 없습니다.」

사만타는 목청을 높인다.

「인간은 참다운 사랑을 할 수 있는 유일한 동물입니다. 다른 동물들도 사랑의 행위를 하지만 그건 번식을 위한 것일 뿐입니다. 그들에게는 감정이 없으니까요.」

「그래요. 하지만 인간은 그 위대한 사랑의 이름으로 더 나쁜 범죄를 저지르죠. 예를 들어 인간은 조국에 대한 사랑을 내세우며 가장 참혹한 전쟁들을 벌였습니다.」

「예수는 한 인간이었습니다. 그분은 〈너희는 서로 사랑하라〉 하고 우리에게 가르치셨지요.」

「그 예수는 십자가에 못 박혀 죽었지요. 그리고 훗날에는 그의 이름으로 종교 재판이 행해졌습니다.」

「인간은 열정을 가질 수 있는 유일한 동물입니다.」

「인간은 자신의 열정 때문에 광기로 나아갈 수 있는 유일한 동물이죠.」

「인간은…… (사만타는 또 다른 논거들을 찾는다.) 유머를 구사할 수 있는 유일한 동물입니다.」

「인간은 자신의 절망적인 조건을 견뎌 내기 위해 유머를 발명할 필요를 느낀 유일한 동물이죠.」

「인간은 아름다움을 창조할 수 있는 유일한 동물입니다. 중국 비단의 섬세한 아름다움을 느껴 보신 적이 있죠?」

「그것은 거미줄의 섬세한 아름다움을 변변치 못하게 모방한 것이죠.」

「그럼 미술관에서 고대의 조각 작품들을 보신 적은 있나요?」

「장미 꽃봉오리의 잘 다듬어진 맵시에 비하면 조악하기 짝이 없는 것들이죠.」

「사뿐사뿐 뛰어오르는 발레리나의 동작은 어떤가요?」

「잠자리가 살포시 날아오르는 것에 비하면 너무나 무거운 동작이죠.」

「소프라노의 노래는요?」

「밤꾀꼬리 울음소리에 비하면 귀에 거슬리는 소음이죠.」

사만타는 다른 것을 생각해 내려고 정신을 더욱 집중한다. 그러다가 확신을 가지고 소리친다.

「인간은 로큰롤을 연주할 줄 아는 유일한 동물입니다.」

「그럼 귀뚜라미는요? 귀뚜라미 수컷은 양쪽 앞날개를 마찰시켜서 전기 기타를 훨씬 능가하는 빠른 연주를 할 수 있죠.」

「그림을 그리는 동물은 인간밖에 없어요.」

「달팽이는요?」

「달팽이가 기어 다니면서 끈끈물을 분비하는 건 예술이 아니라 배설이에요.」

「그건 달팽이가 점액으로 그린 그림을 높은 곳에서 전체적으로 내려다본 적이 없기 때문에 하는 말입니다. 달팽이는 여느 추상 회화보다 더 독창적인 형상을 만들어 내죠.」

「우리 인간에겐 과학이 있습니다. 제가 아는 한, 동물들에겐 과학이 없어요.」

「하지만 저는 과학자로서 이런 점을 상기시켜 드리고자 합니다. 바로 그 과학의 힘으로 우리는 원자 폭탄을 만들 수 있었고 그 때문에 지구가 파멸을 맞았지요.」

「짐승들은 마구잡이로 새끼를 낳지만, 우리 인간에게는 피임약이 있습니다.」

「그래도 인구는 기하급수적으로 증가했습니다. 10년 후면 인구가 백억에 이르리라는 전망이 나오던 판이었지요. 다른 모든 동물들은 개체 수를 스스로 조절할 줄 알지만, 인간은 그러지 못했습니다. 그래서 지구 어디에나 인간이 넘쳐 났지요. 토끼들조차 저희 수효가 너무 많다 싶으면 자기들 나름의 방식으로 개체 수를 줄여 나가는데, 인간은 게딱지 같은 집들이 다닥다닥 붙은 판자촌을 만들어 냈습니다.」

 라울은 두 팔을 들어 올리며 짜증 난 기색을 보인다.

하지만 사만타는 전혀 물러설 기미를 보이지 않는다.

「우리에겐 자동차가 있습니다.」

「오염도 있지요.」

「배기가스의 유독 성분을 없애 주는 촉매 변환 장치가 있어요.」

「그래도 대도시의 하늘에는 노란 구름이 떠 있었고 오존층에는 구멍이 나 있었지요.」

「아, 정말, 검사님의 말씀에 화가 납니다. 인류를 단죄하기는 쉽습니다. 하지만 검사님 자신도 그 인류의 일원이라는 점을 잊지 마시기 바랍니다. 인류가 검사님에게 생명을 주었습니다. 인류는 남이 아니라 바로 우리입니다. 그래요, 인류가 악당이라고 칩시다. 인류는 고문을 했고 환경을 오염시켰고 자살 행위를 했습니다. 우리에겐 미치광이 독재자들과 전쟁이 있었습니다. 하지만 인류에게 문제가 많다는 점만 강조하지 말고, 거꾸로 한번 생각해 볼 필요가 있습니다. 검사님 주장대로 인류는 그토록 결함이 많았지만 3백만 년 넘게 생존해 왔습니다. 비록 지난주에 파국을 맞기는 했을지언정, 그렇게 오래도록 문명을 가꾸어 왔다는 것만으로도 인류는 대단한 종이라고 말할 수 있습니다. 그 자체가 이미 하나의 성공이 아닐까요? (한 손가락으로 라울의 가슴팍을 찌르며) 그리고…… 지금 이 자리에서 우리는 감히 자신들의 종을 심판하고 있습니다. 인간 말고 어떤 동물이 이런 일을 할 수 있겠습니까?」

라울은 뒤로 물러선다.

「우리는 인류의 모험이 계속되어야 하는가 하는 문제를 놓고 설전을 벌이고 있습니다. 바로 이런 것이 인간의 훌륭한 점입니다. 그렇습니다. 인간은 늘 자신에게 질문을 던집니다. 자기 자신을 돌아볼 줄 알고, 자신의 잘못을 뉘우칠 줄도 압니다.」

라울은 한 발 더 뒤로 물러난다.

「우리 두 사람만 놓고 보더라도…… 우리는 서로 싸우고 모욕했지만, 상대를 다치게 하거나 죽이지는 않았습니다. 우리는 깊이 생각하고 우리의 잘못을 고백하면서 한 걸음 앞으로 나아갔습니다. 이것이 바로 인간의 행동 방식이며, 인류가 무죄 판결을 받아 마땅한 까닭입니다.」

라울은 잠시 머뭇거리다가 승복하겠다는 신호를 보낸다. 더 이상 내세울 논거가 없는 것이다.
사만타는 의기양양하게 증언대로 돌아가고 라울은 배심원의 자리로 간다.

「존경하는 재판장님, 우리는 굳은 신념을 가지고 결정을 내렸습니다. 사전 모의에 의한 살인이라는 소인(訴因)에 대하여 우리는 인류가 무죄라고 결정하였습니다. 과실 치사라는 소인에 대해서도 인류는 무죄입니다.」

라울이 검사의 자리로 돌아가는 동안, 사만타는 변호사의 소지품들을 정돈하는 시늉을 한다.

「축하합니다, 발디니 변호사. 멋지게 승소하셨군요.」

「감사합니다, 재판장님……. 아니, 멜리에스 검사.」

라울은 사만타에게 악수를 청한다.
그녀는 순순히 악수에 응하는가 싶더니, 무언가를 문득 깨달은 듯 갑자기 태도를 바꾸어 눈에 칼을 세운다.

「가만 보니까 이거, 내가 보기 좋게 당했잖아? 검사, 아니 라울, 안 그래?」

「뭐라고요?」

「세상에, 하마터면 깜빡 속아 넘어갈 뻔했어!」

「그게 무슨 소리예요?」

「당신은 처음부터 나랑 자겠다는 속셈을 가지고 있었어. 이 재판은 속임수일 뿐이야. 내가 원해서 당신이랑 자는 것처럼 생각하게 하려고 잔꾀를 부린 거야. 내가 이해한 것이 맞다면, 인류에 대한 무죄 판결은 결국 내가 당신이랑 자야 한다는 것을 뜻하잖아.」

「잠깐만요. 마치 내가 당신을 낚기 위해서 지구를 폭파하기라도 한 것처럼 말하는데, 지구를 폭파한 건 내가 아니에요.」

「내가 그 빤한 속셈을 모를 줄 알아? 당신의 작은 안

경 너머로 드러나는 그 음탕한 눈빛을 보면 알아. 당신은 자기가 세상에서 제일 영리한 줄 알겠지만, 내 눈은 못 속여.」

「불만이 있으면, 상소해서 재판을 다시 할 수도 있어요. 그러면 시간을 보내기도 좋겠네요. 어차피 여기에 오랫동안 있게 될 판인데……. 당신이 상소를 안 하면, 우리는 인류의 모험을 이어 나가야 해요. 그게 당신이 원했던 거 아닌가요?」

「나는 감정이 동하지 않으면 사랑의 행위를 할 수 없어. 억지로 하려고 해도 내 몸이 말을 듣지 않을 거야. 게다가 내가 이미 말했듯이, 당신은 내가 이상적으로 생각하는 남성상과 정반대야.」

「인류를 위한 것이라 해도 그 일을 안 하겠다는 건가요? 당신이 말한 대로 의식을 지닌 인류, 사랑과 웃음과 예술을 가진 인류, 스스로에게 질문을 던질 줄 아는 인류를 위한 일인데도요?」

「처음엔 당신이 성가셨어. 그다음에는 당신에게 짜증이 났지. 그러다가 당신에게 실망을 느꼈어. 지금은 솔

직히 말해서 당신이 혐오스러워.」

「아, 그래요, 내가 깜빡 잊고 있었네요……. 당신은 매력적인 왕자님을 기다리고 있는 여자인데 말이에요.」

「내가 어떤 환상을 품고 있든 상관하지 마. 나에게 남은 건 이제 그것밖에 없어.」

「하와가 아담의 이상형이었을 거라고 생각하세요?」

「그들에겐 선택의 여지가 없었어.」

「그거야 우리도 마찬가지죠. 우리는 마지막 남은 단 한 쌍의 커플이에요! 당신 스스로 그렇게 결론을 내리지 않았던가요?」

「나는 당신 손이 마음에 들지 않아. 나에게는 손이 매우 중요해. 손가락들의 생김새를 보면 아주 많은 것을 알 수 있지. 나를 어루만질 손가락들이라면, 당연히 내 마음에 들어야 해. 그 손가락들에 익숙해지고 싶은 마음이 내 안에 생겨야 한다고. 그런데 당신 손가락은 너무 투박해. 거뭇한 털도 너무 많고. 그뿐이 아냐. 당신은 손톱을 물어뜯는 버릇이 있어. 더러워!」

그는 놀란 표정으로 자기 손을 바라본다.

「발디니 양, 당신은 파키스탄의 독재자보다 더 나빠요. 그자는 국가주의적 신념 때문에 인류를 파멸로 몰고 갔지만, 당신은 내 손을 좋아하지 않는다는 이유로 인류 역사의 마지막 불씨를 꺼뜨리려 하고 있어요. 정말 한심하군요!」

「아무튼 난 못하겠어. 아무리 마음을 좋게 먹어도 안 될 거라는 것을 난 알아. 그러니 더 이상 나를 설득하려고 애쓰지 마.」

「좋아요, 이로써 문제가 해결됐네요. 인류는 내 손 때문에 영원한 파멸을 맞게 되겠군요.」

「내가 이런다고 해서 인신공격으로 받아들이지는 마. 따지고 보면 나는 당신과 척질 일이 없어.」

「내가 그렇게나 싫어요?」

「이건 우리끼리 하는 이야기인데 말이야, 조금 전 당신이 아주 가까이에서 말할 때 나는 당신 입 냄새가 지독하다는 것도 알게 되었어.」

라울은 고개를 뒤로 젖히고 천장을 보며 소리친다.

「이봐요, 개구리처럼 생긴 외계인들, 이 여자 대신 다른 여자를 납치해 오면 안 될까요? 이 여자는 나랑 안 어울려요. 정말이지, 전혀 안 어울려요. 나는 갈색 머리에 가슴이 빵빵한 여자들을 좋아해요. 사실, 당신들은 내 취향을 물어보지 않았잖아요!」

사만타는 라울에게 다가간다.
라울은 그녀가 자기를 만질까 봐 두려워하기라도 하는 것처럼 뒷걸음치며 말한다.

「내 생각엔, 우리가 서로 죽도록 치고받는 것을 원치 않는다면, 서로 말을 하지 않는 게 최선일 것 같아요. 우리, 서로 모르는 것으로 하고 다시는 말을 하지 맙시다. 좋죠? 저기는 당신 영역이고 여기는 내 영역이니까, 서로 다시 만날 일도 없어요. 끝으로, 상소심은…… 지금 열린 것으로 생각하겠어요. 당신의 행동 때문에 인류가 재판에서 지게 된 셈입니다.」

그는 커다란 바퀴 속으로 들어가 신경질적으로 바퀴를 돌리기 시작한다.

「저기 말이야, 라울. 내가 조금 공정치 못하다는 거 잘 알아. 사실 우리는 둘 다 정직하게 재판을 진행했어.」

바퀴를 돌리는 그의 발걸음이 더욱 빨라진다.

「내가 조금 노력해 볼게. 사랑의 행위를 하는 동안에 다른 남자를 생각하면 되지, 뭐.」

「마마, 성은이 망극하옵니다.」

「또 내 안에 있는 성적 환상들의 힘을 빌릴 수도 있을 거야……. 다만 그 경우에는…… 저들이 불을 끌 때까지 기다려야 하겠지? 그리고 키스는 절대로 하지 않기로 해.」

라울은 바퀴 속에서 맹렬하게 발을 놀린다.

「한 가지 더 있어. 체위는 내가 위로 올라가는 것으로 해야 해. 나는 아래에 깔리는 게 싫어. 숨이 막히거든.」

라울은 제자리 달리기를 멈춘다.

「사만타, 아직 모르고 있는 모양인데, 나는 이제 하고 싶은 마음이 없어요.」

사만타는 고개를 돌려 그를 바라본다.

「하고 싶든 말든 우리에겐 이제 선택의 여지가 없어.」

「왜요, 선택의 여지가 있어요. 우리가 완전히 우리 뜻대로 행동할 수 있다는 것을 내가 보여 줄게요.」

라울은 바퀴에서 나와 오른쪽 벽 쪽으로 뒷걸음친다. 그러더니 도움닫기를 해서 왼쪽 벽을 머리로 들이받는다.

「갑자기 왜 그래?」

「미안하지만, 당신과 함께 수십 년 동안 여기에 갇혀 있고 싶지 않아서 그래요. 차라리 죽음을 선택할래요.」

「잠깐, 아직 의논해 볼 여지가 있어.」

라울은 뒤로 물러섰다가 더욱 힘차게 도움닫기를 해서 머리를 아주 세게 부딪친다.

「와, 이번엔 되게 아팠겠는데.」

「그래도 당신 목소리를 듣는 것보다는 덜 아프네요.」

라울은 뒤로 더 멀리 물러나서 다시 달음박질할 자세를 취한다.

「그만해! 당신 미쳤어?」

사만타는 그를 가로막는다.

「저리 비켜요.」

「이 남자, 화내니까 귀여워 보이기 시작하네.」

그는 그녀를 피해 벽으로 돌진해서 쿵 소리가 나도록 들이박는다.

「라울, 당신은 이런 짓을 할 권리가 없어!」

사만타는 그를 만류하려고 한다.

「나는 내가 원하는 대로 해요. 비켜요!」

그녀는 그의 두 손목을 잡는다.

「나는 노력할 준비가 되어 있어.」

라울은 다시 도움닫기를 하다가 비틀거리며 쓰러지더니 두 팔꿈치로 버티며 몸을 일으킨다.

「그래 봐야 소용없어요. 우린 끝났어요.」

「우리는 우리의 종을 구해야 해.」

「뭐라고요? 우리의 종을 구한다고요? 아니, 우리가 지금 어디에 있는지 몰라서 그래요?」

「아담과 하와에게도 그건 확실치 않은 일이었어. 그들은 뱀과 맹수들이 우글거리는 가혹한 세계에 단둘이 있었어. 하지만 그들은 겁내지 않았어. 자기네 자식들이 살길을 찾아 나가리라고 생각했지. 우리 역시 다음 세대들을 믿어야 해.」

「시련도 시련 나름이죠. 아무도 결코 극복할 수 없는 시련들이 있어요. 이 행성을 떠나는 것은 불가능해요.」

「아담과 하와는 낙원으로 돌아가려고 하지 않았어. 그들은 악조건에 적응했지. 우리가 이 유리 감옥에서 벗어난다면 아마 우리 앞에 새로운 시련들이 닥칠 거야. 그 시련들을 통해서 우리도 어쩔 수 없이 변화해 나가겠지.」

「새로운 시련들이라고요! 외계의 서커스단에서 어린 인간들이 곡예를 부리는 모습이 벌써 눈에 선하네요. 조련사의 명령에 따라 펄쩍펄쩍 뛰어오르면서 불붙은 굴렁쇠를 통과하는 모습이 말이에요.」

라울은 다시 일어나 옷매무새를 고치더니 시장에서 채소나 과일을 파는 사람처럼 너스레를 놓는다.

「인간요, 인간! 애완 인간 사세요! 어린것들이라 깨끗하고 팔팔하고 발그스름한 것이 아주 예쁩니다. 인간

사세요, 인간! 애완 인간 보러 오세요. 한 놈 값으로 두 놈 드립니다. 족보도 있고 길도 잘 든 인간들입니다. 거세했기 때문에 아파트에서 추잡한 짓을 하지 않는 인간들입니다. 아주머니들, 댁의 가구들과 잘 어울리는 애완 인간들 사세요. 아저씨들, 바캉스 기간 동안 댁을 지켜 줄 인간들 사세요. 여기 이 인간들은 물지 않습니다. 먹이를 주면 손을 핥을 줄도 압니다. 아주 친해지기 쉬운 인간들이죠. 휘파람을 불면 쪼르르 달려옵니다. 키우다가 싫증 나실 경우에는, 화장실 변기에 던져 버리고 물만 내리시면 됩니다.」

사만타는 라울에게 다가가 그를 얼싸안으려고 한다. 그는 그녀를 밀어내고는 차분하게 다시 앉는다.

「가엾은 사만타, 인류는 자살했어요. 인류의 행동을 존중해서 우리도 자살합시다. 연대의 뜻으로 말입니다.」

「싫어. 난 그러고 싶지 않아.」

「위대한 자연이 인간을 창조한 것은, 인간이 무엇을 주는지 알아보기 위해서였을 겁니다. 이제 위대한 자연은 알고 있습니다. 인간을 창조한 것이 실패로 돌아갔다는 것을.」

「왜 노상 그렇게 냉소적인 거야? 당신은 너무 냉혹하고 너무 신랄해. 어떻게 그럴 수가 있지? 가슴속에 심장 대신 돌덩이를 품고 있는 거 아냐?」

라울은 씁쓸하게 미소를 지으며, 놀리듯이 그녀를 바라본다. 그러다가 표정을 바꾸고 멀리 유리 벽 너머의 한 지점을 물끄러미 건너다보더니, 마음을 딴 데 팔고 있는 듯한 표정으로 말문을 연다.

「어느 날 밤의 일이었어요. 달빛은 비치지 않고 별들만 총총한 밤이었습니다. 내 나이 열두 살 때였지요. 부모를 따라 바캉스를 갔다가 우리 아파트의 아래층에 사는 여자 아이를 만났어요. 우리는 나란히 걸어서 언덕 꼭대기까지 갔지요. 거기에서는 별들이 잘 보이더군요. 그 아이가 나에게 별자리들의 이름을 물어봤어요. 나는 각각의 별자리가 그리스 신화의 어떤 영웅들과 관계가 있는지 이야기해 주었지요. 그 아이는 나에게 멈추지 말고 계속 이야기를 해달라고 했어요. 나는 밤새도록 우주와 은하와 외계인들에 관해서 이야기했습니다. 세상에 우리 둘만 있는 듯한 느낌이 들었지요. 우리는 스스로를 무한한 우주 속의 아주 작은 존재로 느끼며 완벽하게 한마음이 되어 있었어요. 어느 순간 그 아이가 내 머리에 손을 얹더니 나를 뒤로 밀더군요. 우리는 싱그러운 풀밭에 나란히 누워 그냥 손만 잡고 있었어요.

그 아이가 말했어요. 〈지구가 하나의 거대한 우주선이라고 상상해 봐. 그 우주선은 우주 공간 속을 비행하고 있고, 우리는 우주선의 앞머리에 들러붙어 있는 거야.〉 그런 다음 그 아이는 공상 과학 소설들에 관한 이야기를 들려주었어요. 그 아이는 책을 아주 많이 읽었더군요. 나는 그 아이 덕분에 공상 과학 소설에 흥미를 갖게 되었어요.」

사만타는 다시 그에게 다가가 마치 옛날이야기를 귀담아듣는 아이처럼 다소곳하게 앉는다.

「그래서?」

「문학 이야기가 끝나자, 그 아이는 내 위로 펄쩍 올라오더니 두 무릎을 내 팔 위에 올려놓은 자세로 자기 얼굴을 내 얼굴에 갖다 댔어요. 그러고는 내가 어떻게 해볼 틈도 없이 나에게 입을 맞췄어요. 그런 다음 작은 소리로 웃더군요. 그 아이 입에서는 캐러멜 냄새가 났어요.」

「그 애 이름이 뭐였어?」

「에스텔. 별이라는 뜻이죠.」

「나중에 다시 만났어?」

「열일곱 살 때요. 나는 그녀에게 사랑을 고백하고, 금도금 반지를 선물했어요. 안쪽에 〈1+1=3〉이라는 수식이 새겨져 있는 반지였지요.」

「와, 멋지다······. 그래서?」

「어느 날, 그녀 방에서 침대 위에 함께 있다가 그녀의 아버지에게 들켰어요. 그는 아무 말도 하지 않았어요. 그러더니 이튿날 그녀를 다른 도시에 있는 기숙 학교로 보내 버렸지요.」

「그래서 당신은 어떻게 했어?」

「나는 학교를 그만두고 은행에 있는 저금을 다 찾아서

집을 떠났어요. 오로지 그녀를 다시 찾으러 가야 한다는 생각밖에 없었지요. 우리는 다시 만나서 함께 달아났어요.」

「아, 그랬구나.」

「우리는 몇 달 동안 그럭저럭 잘 지냈어요. 나는 주문 배달 피자 광고 전단을 편지함들 속에 넣으러 다녔고, 그녀는 슈퍼마켓에서 출납원으로 일을 했지요.」

「그다음엔?」

「그러던 어느 겨울날 저녁에, 그녀가 인적 없는 거리에서 교통사고를 당하고 말았어요. 처음엔 사고의 정황을 몰랐는데, 나중에 가서야 어떤 부인이 폭스바겐 승용차 한 대가 지그재그로 달리는 것을 자기네 집 창문 너머로 보았다고 말했지요. 아마 어떤 운전자가 술에 취한 채 차를 몰았던 모양입니다. 그자는 그녀를 들이받고 뺑소니쳤어요. 창문 너머로 그 광경을 목격한 부인은 구조를 요청하지 않았어요. 그래서 에스텔은 아무의 도움도 받지 못한 채 몇 시간 동안 피를 흘리고 있었지요. 그날은 12월 24일이었어요. 그러니 모두가 크리스마스를 축하하느라 너무나 바빴겠지요……」

라울의 얼굴이 흉하게 일그러진다. 사만타는 조금 더 가까이 다가든다.

「구조 대원들은 너무 때늦게 왔어요. 그들 역시 축제를 벌여야 했을 겁니다. 모두가 똑같은 시각에 다같이 축제를 벌이는 건 매우 중요한 일입니다. 모두가 함께 어울려 술 마시고 노래하는 건 인생의 빼놓을 수 없는 낙이죠.」

「그 못된 운전자는 마땅히……」

「내가 죽이고 싶었던 것은 그자가 아니라 나 자신이었어요.」

잠시 침묵이 흐른다.

「하지만 애석하게도 나는 끝까지 갈 용기가 없었어요. 다리 난간 위에 올라가 몇 시간 동안 시퍼런 강물을 노려보기는 했지만 차마 뛰어내리지는 못했죠. 약을 먹었다가 토해 낸 적도 있어요. 목숨을 끊는다는 건 결코 쉬운 일이 아니더군요. 생명은 우리의 아주 깊은 곳에 꼭 달라붙어 있어요. 죽으려고 맘먹고 약을 털어 넣으면, 뱃속의 한 부분이 늘 이렇게 말하죠. 〈뇌야, 미안해, 나는 네 생각에 찬성하지 않아. 네가 보낸 것을 모두 돌려보낼게. 다른 식으로 헤쳐 나가 봐.〉」

그는 슬픈 표정으로 실소를 터뜨린다.

「그 뒤로 나는 진정제와 수면제와 항불안제를 먹었어요. 그런 약들은 내 위장이 받아들이더군요. 나는 자꾸자꾸 잠을 잤어요. 깨어 있어도 깨어 있는 것 같지 않은 비몽사몽의 나날이었지요. 그 사건 이후로 일어난 일들은 모두 현실이 아닌 것 같은 기분으로 살았어요.」

그는 고개를 숙인다.

「그러다가 〈정상적인〉 삶을 되찾았지요. 〈정상적인〉 직업을 가졌고, 〈정상적인〉 여자와 결혼을 했습니다. 그 대신 밤하늘의 별을 바라보지 않게 되었고, 고개를 뒤로 젖히는 것조차 꺼리게 되었지요. 걸어 다닐 때도 내 발을 보며 걸었습니다. 나에게 남은 것은 단 하나 공상 과학 소설뿐이었어요. 책장을 한 장 한 장 넘길 때마다 그녀를 만지고 그녀의 냄새를 맡는 듯한 기분이 들곤 했지요. 마치 에스텔, 그녀가 내 곁에서 좋은 소설들의 제목을 일러 주고 있는 것만 같았어요. 자살에 대해서는, 당장 목숨을 버리는 방식 대신 조금씩 나를 죽여 가는 방식을 선택했죠. 담배를 피우는 게 바로 그것입니다. 느리게 죽음에 다가가는 방식이죠. 어쨌거나 겉으로 보기에는 내 모습이 크게 달라지지 않았어요. 그녀가 살아 있을 때보다 웃음이 조금 적어졌다는 것만 빼면 말이에요.」

「미안해요. 내가 진작 알았더라면……」

「그렇다고 뭐가 달라졌겠어요? 그저 나를 연민의 눈으로 바라보았겠지요. 나를 위로하기 위해 키스해 주었을지도 모르고요. 하지만 당신의 동정은 필요 없어요. 당신이 인정을 베푸는 것도 원치 않아요.」

라울의 눈에 그늘이 지고 얼굴에 슬픈 미소가 번진다.

「라울, 내가 너무 눈치가 없었어요.」

그는 다 지난 일이라는 듯 손을 내젓는다.

「평생을 함께할 만한 여자를 만났던 당신이 부러워요. 그렇게 젊은 나이에 그토록 위대한 사랑을 경험했다는 것도 부럽고요. 그 뒤로는 모든 게 다 시들해 보인다는 것을 이해할 수 있겠어요.」

「평생을 함께할 만한 남자를 아직 만나지 못한 당신이야말로 운이 좋은 거예요. 결국 잃고 말 거라면 그런 남자를 만나는 게 무슨 소용이 있어요? 하느님이 계시다면, 나는 이렇게 묻고 싶어요. 왜 우리에게 선물을 주셨다가 도로 빼앗아 가시느냐고. 혹시 선물을 도로 거두어 가실 때 우리가 어쩔 줄 몰라 하는 것이 재미있어서 그러시는 건 아니냐고 말이에요. 〈내가 너에게 평생을 함께할 여자를 주었다고 생각하니? 그건 너무 안일한 생각이지. 자아, 이제 내가 그 여자를 데려가겠다.〉 하느님은 그런 생각으로 에스텔을 데려가셨을까요?」

사만타는 그의 얼굴을 정면으로 바라본다.

「라울…… 나에게 키스해 줘요.」

「뚱딴지처럼 갑자기 왜 이래요?」

「어서 키스해 줘요.」

「싫어요.」

「괜히 그러지 말고, 어서요.」

「나는 이제 남자가 아니에요. 난 이미 죽었어요. 오래전에 죽은 사람이에요. 자아, 이 비극을 끝냅시다. 막을 내리자고요.」

그는 다시 벽에 머리를 부딪칠 채비를 한다. 하지만 사만타가 그를 막아선다.

「안 돼요. 난 당신을 죽게 내버려 두지 않겠어요. 당신은 고통을 겪을 만큼 겪었어요. 이제는 인생의 좋은 면을 경험해야죠.」

「좋은 면이 뭐가 있겠어요? (비웃는 표정으로 주위를 가리키며) 이렇게, 보이는 거라곤 유리 감옥뿐인데.」

「내가 있잖아요. 나는 하느님이 성탄절을 맞아 당신에게 새로 보내 주신 선물이에요. 하느님은 지난번 일에 대해 사과하는 뜻으로 나를 당신과 함께 여기에 있게 하신 거예요.」

「우스꽝스럽게 굴지 마요. 스스로 원해서 이러는 게 아니라는 걸 잘 알잖아요.」

「이젠 원해요. 그냥 원하는 정도가 아니라 온 마음으로 갈망해요.」

사만타는 그물 모양의 스타킹을 벗기 시작한다.

「발디니 양, 지금 뭐 하세요?」

「옷 벗고 있어요.」

그러면서 그녀는 허리를 흔든다.

「라울, 내가 마음에 들어요?」

그녀의 자태가 점점 더 요염해진다.

「투박하고 털이 많고 손톱이 더러운 내 손에 익숙해질

수 있겠어요?」

사만타는 노래까지 흥얼거리며 춤을 춘다.

「나의 고약한 입 냄새를 견딜 수 있겠어요?」

그녀는 라울에게 다가와 그가 입고 있는 하얀 가운의 단추를 끄르려 한다. 그는 그녀의 손을 제지한다.

「나의 코 고는 소리는 어쩌고요?」

「자장가로 들리겠죠.」

그는 그녀가 단추를 끄르도록 내버려 둔다.

「사만타, 우리에게 애가 생기면 어떡할래요?」

「당신을 사랑하듯 그 아이를 사랑할 거예요. 아이 이름도 벌써 떠오르는 게 있어요. 케빈 어때요?」

라울은 딱하다는 듯한 표정을 지으며 몸을 빼낸다.

「(혼잣말로) 말도 안 돼. (사만타를 향해) 됐어요, 그만둡시다.」

「그 이름이 마음에 안 들어요? 잠깐만요, 더 좋은 생각이 있어요. 유구한 역사가 담긴 이름으로 아벨 어때요? 아니면 이카로스나 헤라클레스? 아니면 노아? 그거 좋다, 노아. 노아 멜리에스. 소리가 좋지 않아요? 케빈 멜리에스보다 한결 낫다. 케빈 멜리에스, 그건 실수였어요. 봐요, 난 실수하면 바로 그걸 인정한다니까요.」

라울은 오른쪽 거울로 다가가더니, 그것이 얼마나 단단한지 다시 한 번 시험해 보려는 듯 툭툭 두드린다.

「지금 장난칠 기분이 나요? 잠시 잊은 모양인데, 우리는 감옥에 갇혀 있어요.」

「인간의 남녀 한 쌍이 우주에 살아 있는 한, 인류의 불씨는 살아 있는 거예요. 어떤 감옥 벽도 그 불씨가 불꽃으로 활활 일어나는 것을 막지는 못할 거예요.」

「글쎄요…….」

「우리는 우리 자식들을 믿어야 해요. 그들은 우리보다 이 곤경을 더 잘 헤쳐 나갈 거예요.」

「과연 그럴까요?」

사만타는 그의 귀에 대고 속삭인다.

「의심을 의심하라, 그러면 믿게 되리라……」

「나는 믿음을 가질 수가 없어요. 그 까닭은 이제 당신도 알고 있어요.」

「노력해 봐요. 딱 한 번만이라도. 해봐요, 라울.」

「미안해요. 난 못하겠어요.」

그러자 사만타는 그의 팔을 잡더니 처음에 그를 쓰러뜨릴 때와 똑같은 프로 레슬링 기술을 사용한다.
그는 깜짝 놀라며 쓰러진다.

「라울, 나를 위해서 하는 게 어려우면, 에스텔을 위해서라도 해요.」

그녀는 그의 곁에 누워서 아주 다정한 목소리로 말한다.

「저 별들 보여? 저 오른쪽에 있는 별이 뭐야? 금성인가?」

「저건…… 우리 감옥의 금속 천장에 묻은 하얀 얼룩이에요.」

「그럼 저건?」

「아무것도 아니에요. 녹슨 자국들일 뿐이죠.」

「외계인들에 대해서 이야기해 줘. 라울, 당신은 그들이 존재한다고 생각해?」

「존재할 가능성이 많죠.」

「그럼 그들은 어디에 살까?」

「멀리, 은하의 아주 먼 곳에.」

「그들은 무엇과 비슷하게 생겼을까?」

「글쎄, 개구리와 비슷하게 생겼을 수도 있겠죠.」

「언젠가는 우리가 그들과 대화할 수 있을까?」

「쉽지 않을걸요.」

사만타는 그의 손을 잡는다.

「지구가 하나의 거대한 우주선이라고 상상해 봐. 그 우주선은 우주 공간 속을 비행하고 있고, 우리는 우주선의 앞머리에 들러붙어 있는 거야.」

「상상이 잘 안 돼요.」

「난 내 얼굴 위로 빠르게 스쳐 가는 바람이 느껴져. 이런, 우리, 방금 별 하나를 지나쳤어. 그런데 저기, 저 빛은 뭐야?」

「우주 공간에서는 바람이 느껴지지 않아요.」

「별똥별이 지나가는 소리가 들려. 휘파람 소리를 내며 오른쪽으로 지나가고 있어.」

「우주 공간에서는 소리가 들리지 않아요.」

「태양의 열기가 느껴져. 우리가 태양으로 접근하고 있나 봐.」

「우주 공간에서는…….」

 사만타는 라울의 두 팔을 무릎으로 깔고 앉은 채 강제로 입을 맞춘다.

「아니, 어쩜…… 어쩜…….」

 사만타는 아주 천천히 일어나서 자기 입술을 만진다.

「어떻게 이런 일이…….」

 그녀는 확인해 보려고 다시 한 번 그에게 입을 맞춘다.

「오, 세상에, 나의 매력적인 왕자가 바로〈당신〉인가 봐…….」

 그녀는 한숨을 돌리고 나서 소리친다.

「당신이야! 내가 줄곧 기다려 온 사람이.」

 그들은 격렬하게 키스를 나눈다.
 먹을 것이 함박눈처럼 쏟아져 내리기 시작한다. 사만타는 라울을 일으켜 세우더니 자기의 종을 오두막으로 데려간다.
 그들은 서로 간지럼을 태우기라도 하는 것처럼 깔깔거린다. 처음엔 그녀의 웃음소리가 더 크게 들리더니 이내 둘의 웃음소리가 사이좋게 어우러진다.
 천장이 열리고 빛이 쏟아져 들어온다. 두 개의 거대한 그림자가 드리워진다.

외계 동물의 어린 수컷이 자기 행성의 언어로 묻는다.

「어때? 뭐가 보여?」

외계 동물의 어린 암컷이 대답한다.

「종이 밑으로 숨어 버렸어.」

종이 밑으로부터 다시 웃음소리가 들려온다.
외계 동물의 어린 암컷이 묻는다.

「저들은 자기들 행성에 무슨 일이 일어났는지 알아차

렸을까?」

「아빠가 그러시는데, 저들은 지능이 아주 높대. 우주여행을 막 시작하던 참에 멸망한 모양이야.」

「엄마가 그러시는데, 저들의 암컷은 알을 낳지 않는대. 어미 배에서 새끼가 직접 나온다나 봐.」

「왝!」

「한 번 낳을 때마다 한 마리 또는 기껏해야 두 마리 낳는대.」

「잘됐다. 그러잖아도 사육비가 비싸서 걱정했는데. 먹이며 물이며 종이, 게다가 장식물까지…… 벌써 비용이 적지 않게 들었어. 안됐지만, 새끼가 태어나면 물에 빠뜨려 버릴 거야.」

「아…… 마지막 남은 인간들을 기르고 있는 네가 부럽다. 나는 아스콜 행성에서 데려온 조발리앵들을 기르고 있어. 그 녀석들은 고약한 냄새를 풍기고 계속 잠만 자. 무슨 애완동물이 그러냐?」

종이 오두막에서 들려오던 웃음소리가 속삭임으로 바뀌더니 이어서 두 종류의 신음 소리가 들린다.

「저들이 새끼를 낳거든, 물에 빠뜨려 죽이지 말고 나에게 주면 안 되겠니?」

「좋아. 하지만 조심해야 돼. 인간들은 아주 사나워. 손가락을 그들의 주둥이 가까이로 가져가면 안 돼. 뾰족한 송곳니가 있어서 널 물 수도 있어. 게다가 인간들은 할퀴기도 해.」

감창소리가 잦아들다가 멎는다. 잠시 침묵이 흐르는가 싶더니, 라울이 갑자기 코를 골기 시작한다. 뒤이어 사만타가 훨씬 더 요란한 소리로 드르렁댄다.
외계 동물의 어린 암컷이 속삭인다.

「들리니? 저것들, 참 귀엽다. 여기에 있으니까 기분이 참 좋은가 봐. 저렇게 듣기 좋은 소리를 내고 있으니 말이야.」

옮긴이의 말

『인간』은 베르나르 베르베르가 처음으로 발표한 희곡입니다. 단편집 『나무』의 서문에서 아직 초고 상태에 있다고 말한 작품이 이렇게 완성되어 빛을 보게 된 것입니다.

 이 작품은 작가가 굳이 희곡이라고 말하지 않으면 소설로도 얼마든지 읽힐 수 있는 독특한 형식의 글입니다. 실제로 프랑스의 독자들 가운데는 이 책을 소설로 읽은 사람이 많은 듯합니다. 인터넷에 올라와 있는 독자 서평들이 그 점을 말해 주고 있습니다. 속표지에 분명히 〈희곡〉이라고 나와 있는데도 〈이 소설은……〉 하는 식으로 서평을 쓴 사람들이 적지 않았습니다. 이 문제와 관련해서 작가 자신은 어떻게 생각하는지 물어보

앉더니, 그런 혼동을 아주 당연하고 바람직한 현상으로 여기고 있었습니다. 작가는 희곡의 통상적인 형식을 따르지 않음으로써 소설로 읽힐 수 있는 길을 스스로 열어 놓은 셈입니다.

하지만 이 작품은 애초부터 무대에 올릴 것을 염두에 두고 쓰인 희곡이 분명합니다. 사실 프랑스에서는 이미 연극으로 만들어져 많은 관객의 뜨거운 호응을 받고 있습니다. 2004년 9월 9일, 파리의 〈코메디 바스티유〉 극장에서 처음 막을 올린 뒤로 연일 객석이 가득 차는 대성공을 거두고 있다고 합니다. 베르베르의 첫 단편 영화 「나전 여왕」에서 이지도르로 나왔던 장 크리스토프 바르크가 연출 겸 주연을 맡았고, 오드레 다나라는 여배우가 사만타 역을 맡았습니다.

프랑스 언론의 연극평도 좋은 편입니다. 〈주제가 흥미롭고 대본이 훌륭하며 배우들의 연기가 좋다. 〔……〕 베르베르의 책을 읽을 때처럼 전혀 지루함이 느껴지지 않는다. 베르베르는 계층과 연령에 상관없이 모두가 즐길 수 있도록 글을 쓰는 재주가 있다. 〔……〕 온 가족이 함께 볼 수 있는 연극이다. 베르베르는 반드시 쉽다고 볼 수 없는 것들을 쉽게 이야기할 줄 안다.〉[1]

---

1 「르 파리지앵」 2004년 9월 28일자.

우리나라의 어느 젊은 연출가에게 이상과 같은 평을 읽어 주었더니, 연극평이라기보다는 베르베르의 희곡에 관한 평가라고 하더군요. 어쨌거나 베르베르의 프랑스 연극계 데뷔는 성공적이라고 말해도 좋을 듯합니다.

  프랑스의 한 신문은 베르베르에게 〈아이디어 공장〉[2]이라는 별명을 붙인 바 있습니다. 아이디어가 풍부한 만큼 그것들을 발전시켜 예술 작품으로 만드는 방법도 다양할 수밖에 없습니다. 섬광처럼 번득이기는 하나 길게 끌고 갈 수 없는 아이디어로는 콩트나 단편 소설 같은 짧은 이야기를 짓습니다. 과학적 토대가 탄탄하고 여러 가지 부수적인 아이디어와 유기적으로 결합될 수 있는 것으로는 장편 소설을 만듭니다. 어떤 착상이 떠오르기는 했으나 아직 꿈처럼 터무니없고 어렴풋할 때는 그림을 그립니다. 아이디어가 선명한 어떤 이미지로 떠오를 때는 단편 영화를 만들고, 기상천외한 이야기에 이미지를 입히고 싶을 때는 만화의 시나리오를 씁니다. 베르베르는 자기 세계를 표현할 수 있는 수단을 다양하게 지니고 있는 참으로 행복한 사람입니다.

  그에게 늘 새로운 발상이 끊이지 않는 데는 여러 가지

---

2 「르 피가로」 2002년 11월 12일자.

이유가 있을 것입니다. 우선 나이가 들수록 오히려 왕성해지는 호기심과 탐구열을 이유로 들 수 있습니다. 과학자 친구들과 네트워크를 형성하고 자주 만나서 대화를 나누는 것도 그의 중요한 자산입니다. 그는 아무리 황당무계한 생각이라도 기꺼이 경청해 주는 부모 밑에서 자란 덕에 자기 머릿속에 떠오른 것을 있는 그대로 표현하는 데 전혀 거리낌이 없습니다. 자신의 정신을 속박하지 않는 이런 품성도 창의력의 든든한 바탕이 되고 있는 듯합니다.

  하지만 그의 상상 체계에서 무엇보다 중요한 것은 그가 〈외래적 시선〉[3]이라고 부르는 독특한 관점입니다. 그의 문학은 인간에 관한 탐구로 귀결되지만, 인간을 바라보는 그의 시선은 종종 인간 세상을 벗어난 곳에서 옵니다. 그가 인간 세상 밖에서 인간을 바라보는 방식은 두 가지가 있습니다. 첫 소설 『개미』에서 보여 준 것과 같은 무한소의 관점이 있는가 하면, 두 번째 소설 『타나토노트』와 그 주제를 계승하는 『천사들의 제국』, 『신』 등에서 제시하는 것과 같은 무한대의 관점도 있습니다. 이런 외래적 시선은 그가 줄기차게 강조해 온 〈다르게 생각하기〉의 중요한 바탕이고 베르베르식 유머의 주된

---

  3 『나무』, 열린책들, 2003, p. 9.

원천입니다.

　이 희곡 『인간』 역시 베르베르 특유의 그런 발상이 잘 드러나 있는 작품입니다. 여기에서는 외래적 시선 중에서도 특히 외계 생물의 시선을 차용하고 있습니다. 외계 생물의 존재를 상정하고 그들의 관점에서 인간을 바라보는 일은 이 우주에서 인간이 차지하는 자리를 성찰하는 데 아주 유용합니다. 베르베르는 이 주제를 가지고 다양한 변주를 시도하고 있습니다. 두 번째 단편 영화 「인간」, 작품집 『나무』에 실린 「그들을 사랑하는 법을 배우자」라는 단편소설, 그리고 이 희곡이 모두 그런 시도의 산물입니다.

　이 작품을 우리나라 무대에 올릴 연출가가 결정되자마자 베르베르에게 전화를 걸어 그 소식을 전했습니다. 그는 자기에게 중요한 것은 아이디어이므로 그것만 존중된다면 연출자에게 최대한의 자유를 주고 싶다고 했습니다. 예컨대 프랑스식 유머가 우리나라 관객에게 적합하지 않다면 얼마든지 한국적으로 변형시켜도 좋다는 입장이었습니다. 우리 연출가와 배우들을 통해 베르베르의 아이디어가 어떻게 생명력을 얻는지 살펴보는 것도 아주 색다르고 흥미로운 경험이 되리라 믿습니다. 이 공연을 계기로 베르베르를 좋아하는 독자들이 책뿐만 아니라 연극에도 더욱 가까이 다가갈 수 있으면 좋겠습니다.

이세욱

옮긴이 **이세욱** 1962년에 태어나 서울대학교 불어교육과를 졸업하였으며, 현재 전문 번역가로 활동하고 있다. 옮긴 책으로 베르나르 베르베르의 『제3인류』(공역), 『웃음』, 『신』(공역), 『나무』, 『상대적이며 절대적인 지식의 백과사전』(공역), 『뇌』, 『타나토노트』, 『개미』, 『아버지들의 아버지』, 『천사들의 제국』, 『여행의 책』, 움베르토 에코의 『프라하의 묘지』, 『로아나 여왕의 신비한 불꽃』, 『세상의 바보들에게 웃으면서 화내는 방법』, 『세상 사람들에게 보내는 편지』(카를로 마리아 마르티니 공저), 장클로드 카리에르의 『바야돌리드 논쟁』, 미셸 우엘벡의 『소립자』, 미셸 투르니에의 『황금 구슬』, 카롤린 봉그랑의 『밑줄 긋는 남자』, 브램 스토커의 『드라큘라』, 파트리크 모디아노의 『우리 아빠는 엉뚱해』, 장자크 상페의 『속 깊은 이성 친구』, 에리크 오르세나의 『오래오래』, 『두 해 여름』 등이 있다.

인간

발행일	2004년 11월 30일 초판 1쇄
	2004년 12월 20일 초판 10쇄
	2009년 8월 15일 신판 1쇄
	2025년 4월 30일 신판 30쇄

지은이	베르나르 베르베르
옮긴이	이세욱
발행인	홍예빈
발행처	주식회사 열린책들

경기도 파주시 문발로 253 파주출판도시
전화 031-955-4000 팩스 031-955-4004
홈페이지 www.openbooks.co.kr 이메일 literature@openbooks.co.kr

Copyright (C) 이세욱, 2004, 2009, *Printed in Korea.*
ISBN 978-89-329-0906-6 03860

이 도서의 국립중앙도서관 출판예정도서목록(CIP)은 서지정보유통지원시스템 홈페이지(http://seoji.nl.go.kr)와 국가자료공동목록시스템(http://www.nl.go.kr/kolisnet)에서 이용하실 수 있습니다.(CIP제어번호 : CIP2009002304)